꿀잠 선물 가게

꿀잠 선물 가게

박초은 장편소설
모차 그림

토닥스토리

차례

프롤로그

꿀잠 선물 가게를 들여다보면 가게 주인 오슬로는 언제나 잠을 자고 있다. 어느 날은 침대에 누워서 자고 어느 날은 소파에 앉아서 잔다. 어느 날은 안대를 하고 자고 어느 날은 인형을 안고 잔다. 물건들을 다 도둑맞으면 어쩌나 걱정이 될 정도다. 손님이 문을 열고 가게 안으로 들어오면 그는 문에 달린 방울소리에 놀라 화들짝 잠에서 깨어난다. 오슬로는 애써 태연한 척하지만, 꿀잠 선물 가게의 주인이 쿨쿨 자고 있던 것을 눈치채지 못하는 손님은 없다. 그래도 다행인 점은 대부분의 손님들이 이렇게 생각한다는 것이다.

'그래, 저렇게 잠을 잘 자는 사람이 파는 물건이라면 분명 나도 꿀잠을 자게 해줄 거야!'

오슬로에 대해 소개하자면, 그는 어느 날 갑자기 잠이 많아진 게 아니다. 오슬로는 아주 어릴 때부터 잠이 많았다. 아기일 때는 울지도 않고 배고프다 칭얼거리지도 않고 자꾸 잠만 자서 부모님은 아기가 숨을 잘 쉬는지 확인하려고 코에 귀를 대보곤 했다. 물론 오슬로는 쌕쌕 숨을 쉬며 잠을 잘 잤다.

학교에 들어간 뒤에도 크게 달라지지 않았다. 오슬로는 걸핏하면 잤다. 학교 가는 버스에서 자다가 내려야 할 곳을 지나치는 일이 자주 있었고(다행히 같은 버스를 타는 친구들이 생긴 뒤에는 차츰 지각 횟수가 줄었다), 수업 시간에도 자주 잠들었다. 국어, 영어, 수학 시간은 당연했고 체육 시간에 공을 던지다가도 잠들었다. 친구들이랑 이야기하다가 잠이 들기도 했으니 말해 뭐 할까.

그는 여전히 잠이 좋았지만 아무 때나 잠드는 건 역시 곤란했다. 그래서 자신의 잠에 대해 곰곰이 고민해보고, 어떤 상황에서 잠드는지 생각해보았다. 그리고 오랜 연구 끝에(왜냐하면 늘 고민과 생각을 하다가 금방 잠이 들었으므로) 드디어 중요한 사실을 발견했다.

'아, 나는 가만히 있으면 5초 만에 잠이 드는구나!'

이 사실을 알아낸 뒤, 오슬로는 잠들지 않는 방법을 연구하기 시작했다. 머리카락을 꼬아보기도 하고 귓불을 힘껏 당겨보기도 했다. 발가락을 계속 꼼지락거려보기도 했다. 가장 나은 방법은 자주 쓰지 않는 왼손의 엄지와 검지를 4초에 한번 정도 규칙적으로 부딪치는 것이었다.

손가락 부딪치기 비법을 발견한 뒤로는 중요한 순간에 잠들지 않을 수 있었다. 수업 시간에도 전보다 덜 잠들었고, 중요한 시험을 볼 때는 잠에 빠지지 않고 무사히 시험을 치를 수 있었다. 그렇다고 그가 보통의 사람처럼 밤에만 잠을 자게 된 것은 아니다. 잠시라도 긴장을 놓고 손가락 부딪치기를 멈추면 여지없이 잠이 들었다.

오슬로의 학교생활은 결코 쉬웠다고 말할 수는 없지만

그렇다고 아주 어렵지도 않았다. 다들 오슬로가 잠드는 것을 이해해주었기 때문이다. '진짜' 어려움은 학교를 벗어난 뒤에 시작되었다. 이제 학생이 아닌 청년이 된 오슬로는 과연 어떤 직업을 선택하면 좋을지 고민에 빠졌다. 일을 하다가 잠이 들 수도 있기 때문에 신중하게 선택해야 할 것 같았다. 잠 때문에 자신과 다른 사람을 위험하게 하거나 누군가에게 피해를 주고 싶지는 않았다.

남들처럼 취업 준비도 해보고 크게 관심이 없던 일들도 시도해봤다. 하지만 이내 모두 그만두었다. 자신과는 맞지 않는 일들이라는 것을 깨달았기 때문이다. 그러다가 불쑥, 중학교 때 담임 선생님의 이야기가 기억났다. 선생님은 아이들을 좋아해서, 그리고 가르치는 일을 잘해서 선생님이 되었다고 이야기했다. 좋아하고 잘하는 일을 직업으로 선택해서 정말 즐겁다고. 힘든 시기에 선생님의 목소리가 떠오른 건 행운이었다. 선생님이 이야기할 때 잠들어 있지 않았던 것도 정말 큰 행운이었다.

'그래, 내가 가장 좋아하고 잘하는 일을 직업으로 선택하자. 내가 가장 좋아하는 일은 잠을 자는 일이지. 내가 가장 잘하는 일도 잠자는 일이야. 잠에 관한 일을 해보는 게 좋겠다.'

유독 손재주가 좋던 오슬로는 학생 때부터 이것저것 만들어 친구들에게 선물하는 걸 좋아했다. 실과 천으로 폭신한 베개나 부드러운 수면안대를 만들어 선물했다. 시험이나 미래에 대해 걱정하느라 잠들지 못한다고 고민을 털어놓던 친구들에게 조금이라도 도움이 되고 싶었기 때문이다. 오슬로에게 잠자는 일은 쉽고 행복한 것이었지만, 그렇지 못한 친구들이 생각보다 주변에 많았다.

그래서 오슬로는 불면으로 힘들어하는 사람들에게 '꿀잠'을 선물하는 일을 해야겠다고 결심했다. 그렇게 꿀잠 선물 가게가 문을 열었는데, 가게를 연 지 벌써 3년이 훌쩍 넘었다. 손님이 줄을 서는 가게는 아니었지만 그래도 사람들이 꾸준하게 찾아오는 가게로 자리 잡았다.

오슬로가 가게 문을 열어두고 잠에 빠질까 걱정하지는 않아도 된다. 신비로운 인연으로 만난 가족, 부엉이 자자가 그의 든든한 조수가 되어주었기 때문이다. 오슬로가 스르륵 잠들 때마다 가게 일을 도맡아주는 자자 덕분에 꿀잠 선물 가게는 늘 따뜻하게 손님을 맞이할 수 있었다.

오늘도 꿀잠 선물 가게에서 오슬로는 잠을 자고 있다. 좋아하고 잘하는 바로 그 일을 말이다.

백년 시계

꿀잠 선물 가게는 아늑하고 포근하다. 구석의 벽난로가 내는 기분 좋은 소리, 오슬로 전용 안락의자, 그리고 손님을 위한 소파가 편안한 느낌을 더했다. 꿀잠 선물 가게의 한쪽 창가에는 오슬로가 정성껏 키운 화분들이 나란히 놓여 있다. 화분들 너머로 투명하고 큰 창문을 위로 올려 열면 따뜻한 햇살을 느끼거나 선선한 바람을 맞을 수 있었다.

가게의 다른 한면은 전체가 유리로 되어 있어 겨울에는 소복하게 눈이 쌓이는 모습을 볼 수 있다. 봄과 여름에는 활짝 피어난 꽃과 푸릇푸릇 식물들을, 가을에는 바스락거리는 단풍을 볼 수 있다는 점도 꿀잠 선물 가게의 매력이다. 유리 통창 바로 앞에는 울타리로 둘러싼 작은 정원이 있고, 정원 한쪽에는 소박한 테이블이 자리했다. 봄

가을이면 오슬로는 정원으로 슬슬 걸어나가 손님과 함께 차를 마시며 이야기를 나누곤 했다.

오슬로 전용 안락의자 옆 또다른 벽면에는, 벽을 꽉 채울 만큼 큰 진열장이 있었다. 진열장 속 물건들에는 달빛처럼 따뜻한 빛이 감돌았는데, 그 덕분에 가게는 한층 더 신비로운 느낌을 자아냈다. 크기가 큰 꿀잠 아이템들은 진열장 옆, 커튼으로 가린 공간에 보관되어 있었다. 커튼이 흔들릴 때마다 가게는 달빛으로 일렁였다.

"어서 오세요."

안락의자에서 꾸벅꾸벅 졸던 오슬로는 문에 달린 방울 소리를 듣고 화들짝 깨어나 태연한 척 인사했다. 수면안대를 미처 다 벗지 못해 한쪽만 삐죽 이마로 올라가 있지만 말이다. 그 모습을 본 자자는 슬그머니 오슬로의 어깨로 날아와 발톱으로 그의 안대 나머지 한쪽을 이마 위로 스윽 올려주었다. 날이 갈수록 점점 더 느긋하고 평온

해지는 오슬로를 지켜보며, 자자는 손님이 있을 때만큼
은 꿀잠 선물 가게의 주인이 졸지 않기를 바랄 뿐이었다.

"여기가 꿀잠 선물 가게 맞나요?"

"네, 맞습니다. 이쪽으로 오시죠."

드디어 잠을 말끔히 쫓는 데 성공한 오슬로는 손님을
푹신한 의자로 안내했다. 잠시 정신을 가다듬자 오늘의
첫 손님이 온전히 눈에 들어왔다.

불안을 담은 지친 눈동자, 그 위로 알이 두꺼운 안경이
걸쳐져 있었다. 손님은 짧은 머리에 모자를 눌러쓰고 회
색 후드집업과 검정 바지를 입고 있었다. 후드집업은 그
가 평소에 자주 입는 겉옷인 듯, 군데군데 얼룩이 보였다.
꿀잠 선물 가게의 주인 곁에 딱 붙어 있는 부엉이를 신기
한 듯 쳐다보던 손님은 호기심과 긴장감이 뒤섞인 눈으로
가게 구석구석을 둘러보았다. 손님은 의심이 얼마쯤 섞
인 얼굴로 오슬로가 손짓한 소파에 앉았다.

"저희 꿀잠 선물 가게는 처음 방문하신 거죠?"

오슬로가 물었다.

"네, 친구가 이곳에서는 불면을 해결할 수 있을 거라고 해서 찾아왔어요."

"잘 오셨네요. 이곳에서는 꿀잠을 위한 물건들을 직접 만들어 팔고 있습니다. 조금 피곤해 보이시는데, 먼저 맛있는 꿀차를 한잔 드릴게요. 잠이 들게 하는 마법의 가루가 조금 섞여 있답니다. 쭉 마시고 저와 대화를 하다보면 어느새 편안해지면서 졸음이 올 겁니다."

거짓을 섞어서 손님에게 말할 때면 늘 마음 한구석이 콕콕 쑤셔왔지만, 거짓말 또한 꿀잠을 위한 하나의 장치라며 스스로 다독이는 오슬로였다. 사실 꿀차에는 어떠한 마법도 들어가지 않았다. 그렇지만 신기하게도 손님들 대부분은 꿀차를 마신 뒤 이내 곯아떨어지곤 했다.

'편안한 분위기 덕분에 잠드는 것일 텐데…… 이게 바로 플라시보 효과인가.'

자자는 여전히 긴장 섞인 눈빛을 한 손님을 지켜보며

혼자 생각했다. 그리고 이내 깃털베개와 꿀차를 들고 가 손님에게 건넸다. 자자의 발톱은 아주 섬세해서 꿀차를 단 한방울도 흘리지 않고 옮길 수 있었고, 이는 자자의 자부심이었다.

'부엉이가 직접 가져다주다니…… 정말 신기한 가게네.'

꿀차를 받아든 손님은 곧장 마시지 않고 머뭇거렸다.

"혹시 잠에서 깨어나지 못할 수도 있나요? 불면을 해결하고 싶은 마음에 무작정 찾아와보기는 했는데……"

손님의 말을 들은 오슬로와 자자는 눈빛을 한번 주고받았다. 손님이 걱정하지 않도록 안심시켜보자는 무언의 신호였다.

"요즘에는 저희 가게의 비법에 대해서 알고 오시는 분들이 더 많아서 처음부터 정확하게 설명해드리지 못했네요. 더 세심하게 챙겼어야 했는데 죄송합니다. 꿀차를 한잔 마시고 잠에 들면, 저희 조수 부엉이 자자가 손님의 꿈속으로 들어갑니다. 꿈을 잘 들여다보면 잠을 잘 수 없는 이유나 고민, 후회 같은 다양한 마음들을 알아볼 수 있거든요. 꿈에서 어떤 일들이 일어나는지 알아보기 위해, 잠깐 잠이 들도록 마법의 꿀차를 내어드리는 거랍니다."

오슬로는 꿀잠 선물 가게만의 노하우를 설명했다.

"이 친구 이름이 자자였군요! 부엉이가 저의 꿈속을 들여다본다니…… 정말 신기하긴 한데, 저의 이런저런 속마음을 다 들킬까 걱정도 되네요."

손님은 여전히 안심이 되지 않는 눈치였다.

"걱정하지 않으셔도 됩니다. 자자는 잠과 관련된 부분, 그러니까 손님의 불면과 이어지는 부분만 볼 수 있어요. 꿈속을 여행하며, 손님을 괴롭게 하는 문제가 숨은 곳을 찾아보는 거죠. 자자가 모든 마음을 읽을 수는 없답니다."

오슬로는 따뜻한 중저음의 목소리로 말했다. 그가 손님들에게 신뢰를 주는 또 하나의 비결은 바로 낮고도 힘 있는 목소리였다. 오슬로의 곁에 선 부엉이 자자는 새침한 표정으로 부리를 가다듬더니 한쪽 눈을 찡긋했다. 오슬로는 자자의 머리를 한번 쓰다듬어주고는 이어 말했다.

"손님이 푹 주무시는 동안 자자가 손님의 꿈속에 잠시 들어갈 겁니다. 신기하게 들리시겠지만, 이 부엉이 수면 안대를 쓰면 자자가 보는 손님의 꿈속 풍경이 저에게도 보여요. 그래서 불면의 이유를 알아낼 수 있는 거고요. 손님께 꼭 맞는 꿀잠 아이템을 추천해드릴게요. 참, 꿀잠 아이템들은 모두 제가 직접 만들고 있습니다."

이마 위에 걸친 부엉이 수면 안대를 톡톡 두드리며 오슬로가 씩 웃었다. 손님은 알쏭달쏭한 표정으로 고개를 끄덕이고는 따뜻한 꿀차를 한모금 넘겼다.

"멀리서 오셨나요?"

"꽤 걸리더라고요. 잠이 안 와서 밤을 꼬박 새우고 아침 해가 뜨자마자 나왔어요. 시험공부 때문에 스트레스를 받아서 그런지 영 잘 못 자네요."

손님은 한숨을 푹 내쉬더니 쓰고 있던 모자를 벗어 머

리를 헝클어뜨렸다. 손님들 중에는 자신의 이야기를 잘 털어놓지 않는 사람들이 꽤 많다. 마음속이 너무 복잡하면 말로 풀어내기 어려운 법이다. 오슬로는 이번 손님 역시 고민이 너무 깊어 말하기 어려워하는 거라고, 그의 마음을 헤아렸다.

"많이 피곤하실 것 같아요. 여기까지 오시느라고 고생 많으셨습니다."

오슬로의 이야기를 들은 손님은 옆으로 눈을 돌려 창밖을 내다보았다. 창문 너머로 산책로를 걷는 동네 주민의 모습이 보였다. 무엇이 그리 재미있는지 활짝 웃으며 친구와 팔짱을 끼고 걷는 학생들도 보였고 저 멀리 강아지와 산책하는 사람도 보였다. 문득, 너무 오랜만에 일상의 모습을 마주한다는 생각이 들었다. 바람이 통하는 창가에 앉아 따사로운 햇살을 맞는 것도 얼마 만인지⋯⋯ 그는 새삼 자신이 소소한 행복들을 놓치고 있다는 생각이 들었다. 꽃잎이 한장 한장 피어나듯 그동안의 시간들이 떠올랐고, 어느덧 스르르 잠에 빠졌다.

곤히 잠든 손님을 바라보던 오슬로는 숨을 한번 크게 내쉬었다. 손님의 불안감을 덜어내고 대신 따뜻한 잠을 채워주고 싶었다.

자자 역시 손님의 눈이 감기는 것을 보며 다음 할 일을 준비했다. 꿀잠 선물 가게에서 일하기 시작한 지 얼마 지나지 않아, 자자는 자신도 몰랐던 특별한 능력을 발견하게 되었다. 바로 잠든 사람과 머리를 맞대면 그 사람의 꿈속으로 들어갈 수 있는 것이다!

"잘 다녀와, 자자야."

오슬로가 자자의 날개를 쓰다듬으며 말했다.

"그럼요. 저 남은 꿀차가 식기 전에 돌아올게요!"

자자는 어깨를 으쓱거리며 말했다. 지금껏 손님들에게 조수 부엉이의 야무진 면모를 뽐내온 자자는 이번에도 자신감이 넘쳤다. 사실 자자의 말을 보통의 사람들은 들을 수 없었다. 자자를 아주 가까운 곳에서 오랫동안 봐온 오슬로만이 알아들을 수 있었다. 자자는 긴장의 끈을 놓고 편안히 잠든 손님의 머리맡으로 날아가 그의 머리에 자신의 머리를 살포시 맞대었다.

'자, 이제 들어가볼까.'

자자는 뒤엉킨 꿈속으로 날아갔다.

그 순간 부엉이의 큰 눈이 까만 하늘처럼 변했고, 눈동자 속 하늘에는 신비로운 오로라가 펼쳐졌다. 자자의 눈이 밤하늘을 머금자 망토를 걸친 자자의 영혼이 사락, 나타났다. 자자의 영혼은 편안하게 잠을 자는 손님의 마음속으로 쑥 들어갔다. 그 광경을 가만히 지켜보던 오슬로는 안락한 의자로 돌아가 부엉이 눈이 그려진 수면안대를 썼다. 자자의 영혼을 통해 손님의 고민을 파악하기 위해서였다. 부엉이 안대를 쓰면 그와 자자의 영혼이 연결되어 오슬로의 눈에도 자자가 보고 있는 꿈속의 세계가 함께 보였다.

그의 꿈속 세계는 어둡고 또 무척 분주했다. 흐릿하게 보이는 청년의 뒷모습에서는 그의 어깨를 짓누른 고민과 부담을 찾을 수 있었다. 손님은 취업준비생이었다. 취업을 위해 매일 시험공부를 하고 있었다. 커피를 물보다도 자주 마셨고, 새벽까지 잠에 들지 못했다. 얕은 잠을 자다가 중간에 자주 깨기도 했고, 캄캄한 하늘이 밝게 변할 때까지 걱정과 불안으로 다시 잠들지 못했다. 일어난 김에 공부를 하려고 책을 펼쳤지만 피곤함을 이기지 못하고 책상 앞에서 졸기 일쑤였다.

청년은 답답하고 속상한 마음을 친구에게 털어놓았다.

"요즘 잠을 못 자서 고민이야. 침대에 누우면 언제까지 수험생 생활을 해야 할까 막막해서 고민만 끝없이 하게 돼. 몇년 뒤에도 제자리이면 어쩌지? 지금 내가 최선을 다하는 건지도 확신이 없어. 혼자 도시로 올라와서 월세 내면서 공부하기가 좀 버거워. 강의랑 교재비도 만만치 않고……"

친구는 그의 어깨를 두드렸다.

"너 지금 충분히 열심히 살고 있어. 마음이 불안하면 잘하던 것도 제대로 안 되기 마련이야. 네가 지금 불안하고 걱정이 많아서 잠을 많이 못 자나보다."

친구의 조언에 그의 눈시울이 붉어졌다.

"혹시 거기 들어봤어? 꿀잠 선물 가게라고, 잠 못 자는 사람들이 많이 가는 곳이래. 잠에 들지 못하는 이유를 찾아서 잘 자게 해준다더라고. 너도 한번 가보면 좋겠다. 기운 내고!"

그는 그럴 여유가 없다며 고개를 젓고는 술만 들이켰다. 그마저도 마음이 불편해서 서둘러 집에 돌아와 낮에 못한 공부를 했다. 술을 마신 데다 늦게까지 공부도 했으니 오늘은 좀 잘 수 있을 거라고 생각하며 침대에 누웠다.

'진짜 죽겠네. 잠도 안 오고. 머리는 또 왜 이렇게 아픈 거야.'

몇시간이 지났지만 그는 여전히 잠들지 못했다. 다른

경쟁자들은 지금 이 시간에도 공부하고 있을 거라는 생각에서 헤어나올 수 없었다. 머리가 지끈거렸다.

'곧 시험이 다가올 텐데 이래도 괜찮을까……'

불안과 걱정이 깊어갈수록 불면의 시간은 점점 늘어났다. 문득 친구가 말해준 꿀잠 선물 가게가 머리를 스쳤다. 속는 셈 치고 한번 가보자 생각한 남자는 그렇게 한숨도 못 잔 채 날이 밝자마자 집을 나섰던 것이다.

자자의 영혼은 망토를 길게 펼치고 꿈 밖을 향해 날았다. 자자의 눈 속 밤하늘이 걷히고, 원래의 또랑또랑한 눈빛이 돌아왔다. 이제 오슬로와 자자는 푹신한 의자에 앉는 것조차 불안해하고, 잠을 자는 일에 죄책감마저 느끼는 손님의 상황을 이해할 수 있었다. 약간의 시간이 흐른 뒤, 조금 편안해진 표정으로 청년이 깨어났다.

"오랜만에 정말 푹 잔 거 같아요. 제가 얼마나 잤죠?"

"얼마 안 지났으니 걱정하지 말아요. 자고 나니까 좀

나아졌지요?"

"이런 개운함은 정말 오랜만이에요. 꿀차가 정말 대단한 마법을 갖고 있나봐요."

꿀차에는 특별한 효능이 없었지만, 사람들의 마음에 살며시 스며드는 마법 같은 힘이 있을 거라고 생각하며 오슬로는 빙긋 웃었다.

"다행이네요. 이제 꿀잠 아이템을 추천해드릴게요. 이쪽으로 오시겠어요?"

오슬로는 한결 가뿐해진 얼굴로 힘껏 기지개를 켜는 손님을 진열장 쪽으로 안내했다. 진열장에는 달빛이 은은하게 감돌고 있었다.

"와, 예쁜 물건들이 정말 많네요."

손님의 말을 들은 오슬로는 뿌듯한 듯 웃었다.

"손님께는 새벽의 노래가 흐르는 보름달 오르골을 추천해드리고 싶어요. 한번 보시겠어요?"

오슬로가 진열장에서 오르골을 꺼냈다. 직접 손으로

만든 것이라고는 믿기지 않을 만큼 섬세한 디자인이 눈에 띄었다. 보름달을 닮은 오르골은 정말 달이 눈앞에 있는 것처럼 환히 빛났다. 어찌나 선명한지 달의 크레이터까지 눈에 들어왔다. 그 안을 자세히 살펴보자 달토끼들이 깡충깡충 뛰놀고 있었다. 회색과 은색이 섞인 은은한 조명이 달의 주변을 밝혔고, 달 중심부를 열자 노래가 흘러나왔다. 경쾌한 듯 어둡고 우울한 듯 밝은 이상한 음악이었다. 노래를 듣자 꿀차를 마셨을 때처럼 마음이 안정되며 눈이 사르르 감길 정도로 편안해졌다.

"보름달 오르골은 아주 깊은 고민을 가진 분들에게 추천하는 물건입니다. 저희 꿀잠 선물 가게에서 가장 아름다운 물건이기도 합니다. 이런저런 고민으로 밤을 지새우는 날에 새벽의 노래를 틀어보세요. 오르골의 태엽을 감아두고 자면, 꿈에 달토끼들이 나와서 오늘 하루는 어땠는지, 어떤 일이 있었고 어떤 마음이 들었는지 물어봐 줄 겁니다. 꿈에서 속 시원히 이야기하고 나면 마음이 많

이 풀릴 거예요. 기분 좋은 꿈을 꾸고 일어나는 일만큼 좋은 것도 없지요."

"정말 아름답네요. 꼭 가지고 싶기는 한데…… 혹시 얼마일까요?"

신기한 듯 오르골을 이곳저곳 살펴보던 그는 가격을 물었다. 오슬로의 입에서 흘러나오는 꽤 높은 금액을 들은 그의 눈빛이 흔들렸다. 오슬로는 머뭇거리는 손님의 모습을 보고 아차 싶었다. 여유가 없을 수험생 손님에게 처음부터 높은 가격의 아이템을 추천하다니…… 오슬로는 서둘러 진열장을 살펴 오르골 옆에 다른 물건을 내려놓았다.

"음, 다시 생각해보니 탁상시계가 손님께 더 잘 어울릴 것 같아요."

탁상시계는 작지만 묵직했고, 신비로운 기운을 머금고 있었다. 보름달이 뜬 날 달빛시장에서 사 온 목재와 금속을 가공해 마감한 테두리는 무척이나 고급스러웠다. 꿀잠 아이템은 모두 오슬로의 손을 거쳐 만들어졌다. 목재, 금속, 실, 천 등 재료를 사서 직접 만든 꿀잠 아이템 하나하나에는 모두 오슬로의 정성이 가득 들어가 있었지만, 이번에 추천한 탁상시계는 특히 오랜 시간을 공들여 만든 물건이었다. 시계에서는 째깍째깍 작은 소리가 들렸는데, 소리만 날 뿐 바늘이 거의 움직이지 않았다. 숫자도 없었기에 바늘만 보고는 정확한 시간을 알 수 없었다.

"저에게는 이미 손목시계, 탁상시계, 알람시계, 초시계까지…… 시계가 너무 많아요."

시험을 준비하는 그는 여러 시계를 종류별로 가지고 있었다. 시간을 최대한 아끼며 효율적으로 사용해야 했고, 또 주어진 시간 내에 빠르게 문제를 푸는 연습도 해야 했기 때문이다.

"이 시계는 보통의 시계와는 조금 달라요. 아주 천천히 가는 시계죠. 백년이 지나야 한바퀴가 도는 시계랍니다."

오슬로는 옅게 미소 지으며 이어서 말했다.

"비록 지금은 아주 길고 느린 과정 속에 있다고 느껴질지 몰라도, 인생은 참 깁니다. 아주 천천히 가는 시계를 보면서 조금씩 마음의 여유와 안정을 찾으시면 좋겠어요."

오슬로가 건넨 탁상시계를 물끄러미 보던 남자는 뭔가를 깨달은 얼굴을 하더니 미소를 지었다.

"그래서 시간을 제대로 알 수 없었군요. 온전히 제 인생의 속도에 맞춘 시계네요. 그런데 사장님은 꿀잠 선물가게를 어떻게 열게 되신 거예요?"

손님의 얼굴에서 어두운 그늘이 조금씩 걷히며 호기심 가득한 표정이 드러났다.

"저도 불안정한 미래로 힘들었던 시기가 있었어요. 불안한 마음에 이것저것 눈앞에 보이는 일들을 해보기도 했는데요. 헛되거나 쓸모없는 경험은 아니었지만 무엇을 위해 달려가는지 알지 못해서 버거웠어요. 그러다 어느 순간, 다 내려놓고 정말로 제가 좋아하고 잘할 수 있는 것이 무엇일지 생각해봤어요."

오슬로는 눈을 빛내며 이야기를 이어나갔다.

"어릴 때부터 잠을 자는 일을 무척 좋아했다는 게 떠올랐어요. 저는 자려고 노력해본 적도 없을 만큼 언제나 깊고 달콤한 잠을 잘 잤거든요. 이런 제가 주변 사람들과는 조금 다르다는 생각을 하게 되었어요. 대부분의 사람들은 고민이나 생각이 깊어지면 잠을 못 이룰 때가 많잖아요. 잠을 잘 수 없어 힘들다는 친구들의 토로에도, 위로는 해주었지만 진심으로 공감한 적은 없었어요. 그러다가 저도 불면을 겪는 시기에 접어들면서 친구들이 말하던 고통을 조금이나마 알게 되었죠. 그래서 잠을 자지 못하는 사람들의 마음을 어루만져주는 가게를 열고 싶다고 생각하게 되었답니다. 달콤한 잠을 자고 좋은 꿈을 꾸는 건 정말 행복한 일이니까요!"

이야기를 다 들은 손님은 알겠다는 듯, 씩 웃었다. 꿀잠 선물 가게를 휘감은 달빛이 더욱 선명해진 느낌이었다.

"오늘 해주신 이야기 잘 기억하면서 다시 힘을 내볼게요. 저도 언젠가 사장님처럼 좋아하는 일을 하면서 살 수 있는 날이 오겠죠?"

오슬로도 밝게 웃으며 고개를 끄덕였다. 물건의 값을 치르고 가게를 나서는 청년의 뒷모습이 가게에 들어오던 순간보다 조금쯤 자란 것 같았다. 그의 어깨를 누르던 부담이라는 큰 짐이 덜어진 모양이었다.

백년이 지나야 한바퀴를 도는 시계라면 서두를 것도, 급할 것도 없다. 오슬로는 그 간단하고 멋진 사실을 모두가 알았으면 좋겠다고 생각했다.

첫눈 커튼

✳

두 번째 손님

하루를 여는 새소리를 들으며 개운하게 맞는 아침. 따사로운 햇살에도 꽤 쌀쌀한 날이었다. 이제 막 눈을 뜬 오슬로는 체크무늬 잠옷 위에 도톰한 체크무늬 카디건을 걸치고는 곧장 주방으로 갔다. 며칠 전 달빛시장에서 황기, 생강, 대추 등을 왕창 사 온 오슬로는 쌍화탕을 잔뜩 끓여 두었다. 답답하고 쓰린 현실로 고통받아 불면에 시달리는 사람들을 위해, 꿈에서라도 그 고민이 감기가 날아가듯 시원하게 해결될 수 있도록. 감기에는 역시 쌍화탕만 한 것이 없다. 수제 쌍화탕은 초승달 로고를 새긴 병에 담아 가게를 나서는 손님들에게 하나씩 선물할 생각이었다. 잠에서 덜 깬 눈을 비비며 식혀두었던 쌍화탕을 한입 맛본 오슬로는 만족한 얼굴로 개운하게 기지개를 폈다.

"해가 서쪽에서 뜨겠네요. 웬일로 이렇게 일찍 일어나

셨어요?”

자자가 큰 눈을 깜빡이며 훌쩍 날아 오슬로 곁으로 왔다.

“오늘도 손님을 많이 받아야지. 가게에 점점 더 손님이 느는 것 같아서 큰일이야.”

목을 천천히 돌리며 그가 대답했다.

날이 갈수록 꿀잠 선물 가게를 찾는 손님이 늘었다. 오슬로는 반가우면서도 불안했다. 사람들의 걱정과 고민, 불안이 더 많아진다는 뜻이기도 하니까 말이다. 손님들에게 양질의 꿀잠을 선물해주고 싶다는 생각을 하다 잠들었던 그는 평소보다 일찍 눈을 뜰 수 있었다. 그래서 평소보다 빠르게 영업 준비를 시작했다. 꿀이 충분한지 확인했고, 꿀잠 아이템들이 보관된 진열장도 닦았다. 오슬로의 마음을 읽은 자자도 앞마당에 나가 밤사이 바람이 놓고 간 나뭇잎들을 쓸었다. 며칠 전 내린 비로 물때가 낀 유리 통창에 세정제를 꼼꼼하게 뿌렸다. 단단한 발톱으로 마른걸레를 꽉 잡고는 유리창을 닦았다.

꿀잠 선물 가게는 묵은 때를 벗어 빛이 났다. 향긋한 쌍화탕 향까지 맴돌아 한층 더 쾌적하고 아늑했다. 햇살이 따사롭게 내려올 무렵, 가게 앞 간판은 'CLOSE'에서 'OPEN'으로 바뀌었다.

자자가 가게 안으로 들어오자마자 딸랑, 문이 열리며 오늘의 첫 손님이 들어왔다. 짧은 갈색 단발머리에 흰색과 파란색이 섞인 카디건을 입고 그 위에 도톰한 코트를 걸친, 크로스백을 멘 이십대 초반으로 보이는 여자 손님이었다. 추웠는지 볼이 발그레했다.

"저…… 꿀잠 선물 가게를 찾아왔는데요."

그녀는 처음 방문한 손님들이 으레 그렇듯 주위를 휘휘 둘러보았다. 꿀잠 선물 가게는 낮이든 밤이든 은은한 달빛이 감돌았기에 방문한 손님들은 홀린 듯 가게를 둘러보곤 했다.

"잘 찾아오셨어요. 이쪽으로 오시죠."

손님이 오기 직전 일할 때 입는 체크무늬 셔츠로 갈아입은 슬로가 웃는 얼굴로 말했다. 잠옷 차림이 아니라 다행이라며 속으로 안도의 한숨을 쉬었을 것이 분명했다.

손님은 오슬로가 손짓한 의자로 걸어가며 자자를 힐끔힐끔 쳐다보았다.

"이 부엉이는 저희 가게의 든든한 조수이자 제 가족인 자자입니다. 곧 웰컴티를 가져다줄 거예요."

신기해하는 손님의 표정을 본 오슬로가 먼저 자자를 소개했다. 자자는 달고 맛있는 꿀로 만든 차를 손님에게 가져다주었다.

"와, 부엉이가 꿀차를 타주다니! 정말 신기해요. 저는 이 마을이 처음이에요. 아침 일찍부터 버스를 타고 아무 데서나 내려서 정처 없이 걷다가 이 동네에 도착했어요. 처음 온 곳이지만 마음에 쏙 들어요. 한적하고 길거리의 사람들도 왠지 편안해 보여요. 실은 제가 요새 통 잠을 못 자서…… 마을을 구경하다가 우연히 꿀잠 선물 가게 전단을 봤는데, 가게에서 도움을 받으면 잘 잘 수 있을 거라는 확신이 들어서 찾아왔어요!"

그녀의 마음은 긴장보다는 호기심으로 가득 찬 것 같았다. 여자는 끊임없이 말을 하며 오슬로의 어깨에 올라가 있는 자자를 쓰다듬기도 하고 가게에 맴도는 오로라 같은 기운을 느껴보려는 듯 손을 휘적휘적 젓기도 했다.

"저희가 도움을 드릴 수 있다면 좋겠네요. 여기 마법의 꿀차를 드릴게요. 차를 마시고 나면 잠이 솔솔 올 거예요. 잠깐 주무시는 동안 자자가 손님의 꿈속에 들어갈 겁니다. 저도 꿈속 장면을 함께 살펴볼 거고요. 그러나 손님의 무의식은 저희가 볼 수 없으니 안심하셔도 좋습니다. 꿈에서 영영 깨지 않는다거나 할 일도 없고요."

사실 꿀차에는 아무런 마법의 효능이 없다고 말하고 싶은 걸 꾹 누르며 낮고 부드러운 목소리로 설명하는 오슬로였다.

"꿈속을 봐야만 꼭 맞는 꿀잠 아이템을 추천해드릴 수

있다고도 말해야죠!"

자자가 슬로의 귀에 대고 말했다. 손님은 알아들을 수 없는 부엉이의 말을 들은 오슬로는 서둘러 덧붙였다.

"꿈속에서 불면의 이유를 정확히 파악하고 나면 제가 손님을 위한 꿀잠 아이템을 추천해드릴게요. 제가 깜빡하니 자자가 챙겨주었네요, 하하."

"방금 부엉이가 말을 했다고요? 아무 소리도 안 들렸는데…… 정말이지 신기한 가게예요. 그럼 웰컴티 잘 마시겠습니다. 향긋한 냄새가 나서 얼른 마셔보고 싶어요."

여자는 꿀차를 마시며 어제 한숨도 못 자서 피곤하다는 이야기를 하다 이내 말끝을 흐렸다. 꿀잠 선물 가게에 머무는 순간만큼은 고민과 걱정이 싹 사라진 듯, 그녀는 편안한 표정으로 잠들었다. 오슬로의 어깨에 있던 자자가 여자의 머리맡으로 날아갔다.

"다녀오겠습니다. 부엉이 안대로 같이 지켜봐주세요!"

자자가 손님의 머리에 자신의 머리를 맞대며 말했다. 오슬로도 자자의 날갯죽지를 톡톡 두드려주고는 안락의자에 자리를 잡았다. 자자가 손님의 머리와 자신의 머리를 맞댄 바로 그 순간, 부엉이의 눈이 밤하늘처럼 깜깜해졌다. 그 까만 하늘에는 오로라가 너울거렸다. 오슬로도 편안한 자세로 누워 부엉이 안대를 썼다. 망토를 두른 자자의 영혼이 꿈속으로 훨훨 날아가는 모습을 지켜볼 차례였다.

손님의 꿈속은 색으로 따지면 파스텔 핑크에 가까웠다. 군데군데 회색 먹구름이 끼어 얼룩덜룩했지만 그래도 여자의 꿈은 따뜻하고 보드라웠다.

그녀는 짝사랑 중이었다. 여자의 꿈속에는 그 남자의 얼굴이 붕붕 떠다녔고, 마음은 하루 종일 요동쳤다. 좋아하는 마음은 넘칠 것 같지만 무턱대고 표현할 수 없는 상황이었다. 어린 시절부터 함께했던 오랜 친구를 잃을 수도 있다는 걱정, 고백을 거절당하면 자신이 큰 상처를 받을 것 같다는 두려움, 그와 동시에 자꾸만 커져가는 설렘으로 뒤척이다보면 제대로 잠들지 못한 채 밤을 보내게 되었다.

자자는 망토를 매만지고 손님의 꿈을 더 자세히 살펴보았다. 하나의 장면이 두둥실 떠올랐다.

"주말에 뭐 하냐?"

여자의 마음은 남자의 말 한마디에 크게 흔들렸다. 예전이라면 편하게 대답했을 물음에 온갖 번잡한 생각이 뒤엉켰다.

'나한테 물어보는 이유가 뭘까?'

'휴일을 같이 보낼 수 있다면 좋을 텐데…… 새로 생긴 카페에 가보자고 할까?'

'아냐, 갑자기 만나자고 하면 거절할지도 몰라……'

여자의 꿈속 생각들은 말풍선 모양으로 둥실둥실 떠올랐다. 부엉이 안대를 쓴 오슬로도 이 순간을 함께 지켜보고 있었다.

여자는 아르바이트를 하거나 공부를 할 때도 자꾸 생각나는 그의 얼굴 때문에 힘들어했다.

'지금 뭐 해?'

'밥은 먹었어?'

그에게 물어보고 싶은 말들이 많았지만 선뜻 먼저 연락하기가 어려웠다. 예전에는 별뜻 없는 연락을 자주 했는데, 좋아하는 마음이 커진 뒤에는 가벼운 문자 한통 보내는 것도 어려워졌다. 전화나 문자를 할까 말까, 주말에 어디 놀러 가자고 할까 말까, 망설이기만 하다가 결국 주말을 다 날리기도 했다. 우연히 마주칠 것 같은 동네 곳곳을 서성이기도 했다. 기억의 파편들이 울컥울컥 밀려왔다. 자자는 그중 한조각을 만났다.

"안녕! 여기서 이렇게 만나네?"

그가 올린 SNS 게시물을 보고 그의 동네 도서관으로 찾아간 그녀는 우연히 마주친 것처럼 연기했다.

"어, 오랜만이다! 나는 친구랑 공부하러 왔어. 곧 학교 시험이거든. 그런데 너는 이 동네 살지도 않으면서 여기까지 왔어?"

남자는 진심으로 반가워했다. 그날, 그녀는 그의 반응에 기분이 좋아 종일 배시시 웃는 자신을 발견했다.

자자는 짝사랑이 시작된 특별한 계기가 있을지 알아보기 위해 조금 더 꿈속에 머물기로 했다. 둘은 꽤 오랜 사이였다. 어릴 때 만난 그들은 짓궂은 장난도 많이 칠 정도로 가까웠다. 하지만 고등학교를 졸업한 뒤, 그녀는 그가 조금씩 다르게 보이기 시작했다. 그의 대학교 동기들과 선배들이 신경 쓰였고, 그가 어디에 있고 무엇을 하는지 궁금해졌다. 자려고 눈을 감으면 고백하고 싶은 마음과 상처받고 싶지 않은 마음이 서로 다투었다. 고민이 깊어질수록 그의 얼굴은 더 선명히 떠올랐다. 새벽 내내 불면에 시달리던 여자는 우연히 그 친구를 만날 수 있을까 하고 아침 일찍부터 그의 동네를 돌아다니기도 했다. 답답한 마음에 아무 버스에 올라 떠돌아다니는 여자의 모습도 보였다. 발길 닿는 대로 가본 동네에서 여자는 '불면을 해결해드려요! 웰컴티는 꿀차입니다'라는 문구가 크게 적힌 전단을 보게 되었다. 고개를 들자 그 앞에 마법처럼 꿀잠 선물 가게가 있었다. 여자는 홀린 듯 가게로 걸음을 옮겼다.

'꽤 오래전에 만든 전단인데 아직도 붙어 있네.'

꿀잠 선물 가게는 손님들이 몇번이고 다시 찾는 가게이기도 했다. 전단은 꿀잠 선물 가게가 문을 연 지 얼마 되지 않았을 무렵 승진에 대한 욕심으로 잠을 이루지 못한다며 찾아왔던 회사원 손님이 만들어준 것이다. 이제는 잠을 푹 잘 수 있게 되었다고, 이후에 다시 찾아와 고맙다며 만들어준 일종의 답례품이었다. 오슬로는 홍보물까지 만들지는 않아도 괜찮다며 거절했지만, 고마움을 표현하는 마음을 계속 거절하기는 쉽지 않았다. 그 전단이 이번 손님에게 가닿다니, 또 한번 인연의 소중함과 신비함을 느끼는 자자였다.

자자는 다시 한번 손님이 짝사랑에 빠지게 된 계기가 있을지 찾아보았다. 그러나 그녀의 꿈을 오래, 깊게 살펴보아도 사랑에 빠진 특별한 계기는 없어 보였다. 그는 그녀에게 그저 봄비처럼, 천천히 스며든 것이었다.

생각을 끝마친 자자는 꿈속에서 살그머니 나왔다.

"눈이 가매지도록 찾아봤는데 아무리 봐도 특별한 계기가 없더라고요. 어떤 사건이 있었던 것도 아니고⋯⋯"

자자는 오슬로에게 말했다.

"눈이 가매졌다고? 무슨 일 있었니, 자자야!"

"열심히 찾아봤다는 뜻이에요!"

속담이나 관용어를 잘 알아듣지 못하는 고용주(이자 가족)에게 그 뜻을 자주 설명해주는 자자였다.

"그래 맞아, 사랑에 빠진 특별한 계기는 없어 보였어.

그래서 더 고민이 많을 거야."

조수 부엉이가 꿈에서 나온 지 얼마 지나지 않아 깨어
난 손님은 멋쩍은지 살짝 웃었다.

"생각보다 많이 잔 것 같네요. 꿀차 덕분인가…… 오랜
만에 아무 걱정이나 고민 없이 잠든 거 같아요."

"다행이네요. 손님께 도움이 될 만한 물건을 추천해드
릴게요. 이쪽으로 오시죠."

이미 진열장 가까이에 서 있던 오슬로가 말했다. 천장
을 멍하니 응시하던 손님은 가게 한쪽에 가득 진열된 물
건들로 시선을 돌렸다. 진열장 옆에는 커다란 아이템들
을 정리해두는 보관창고가 있었다. 슬로는 창고로 들어
가 봉으로 고정된 커튼들을 잠시 바라보았다. 커튼들이
늘어선 곳에는 달이 머물다 간 듯 노랗고 따스한 빛이 은
은하게 감돌았다.

◦ 뜨거운 햇볕이 내리쬐는 붉은 사막 커튼

◦ 노을빛 바다에서 반짝이는 윤슬 커튼

◦ 황량한 사막이 품은 작은 오아시스 커튼

　손수 만든 가지각색의 커튼 앞에서 잠시 고민하던 슬로는 눈 내리는 풍경이 그려진 커튼을 골랐다. 커튼은 살랑살랑 부는 바람에 맞추어 흩날릴 것 같은 가벼운 소재였다. 빛나는 은색 같기도 하고, 다시 보면 햇살을 닮은 투명한 색 같기도 했다. 커튼은 쓸쓸하면서도 아름다운 겨울의 한 장면을 담고 있었다. 손님은 달빛이 감도는 커튼을 이리저리 살펴보았다.

　"첫눈 커튼을 추천해드릴게요. 커튼을 치고 침대에 누워 눈을 감고, 밖에 눈이 내리고 있다고 상상해보세요. 열뜬 마음이 조금씩 식을 것이고, 지금보다 더 편안하게 잠을 잘 수 있을 겁니다."

　오슬로는 고운 첫눈 커튼을 그녀에게 건넸다. 사실 손

님에게 말하지 않은 효능이 한가지 더 있었다. 당사자가 알게 될 경우 사라질 수도 있는 효능이었기에 오슬로는 말을 아꼈다.

"첫눈이 오는 날에 고백하면 사랑이 이루어진다고 하잖아요. 이 커튼도 사랑을 이루어주나요?"

자자도 궁금했는지 오슬로의 어깨에 올라 살며시 물었다. 오슬로는 기다려보라며 살짝 웃었다.

'흥! 부엉이도 궁금하다고!'

자자는 바로 답을 듣지 못해 심술이 났다. 부리가 삐죽 더 나왔다. 그런데 물건을 받은 손님의 표정이 미묘했다. 속으로 이 물건이 과연 도움이 될까 생각할지도 몰랐다.

"꿀잠 아이템이 과연 효과가 있을까, 아이템을 받아든 손님 대부분이 처음에는 걱정하곤 하죠. 그래도 속는 셈 치고 한번 사용해보시면 조금 느리더라도 확실히 마음이 달라질 겁니다. 당연히 커다랗던 감정이 한순간에 가라앉지는 않을 것이고, 고민도 한순간에 없어지진 않겠지만요."

"제 마음이 조금은 식을 수 있다면 좋겠네요."

짝사랑이 들켰다는 걸 깨달은 손님의 볼이 발그레해졌다.

"이제 가봐야겠어요. 실은 이 가게에 오고 난 뒤로 왠지 나른하고 졸렸거든요. 집에 가서 한숨 자고 싶어요. 이미 푹 자긴 했지만요. 집에 가서는 커튼을 달고 잠을 청해볼게요. 감사합니다, 사장님!"

고맙다는 인사를 하며 손님은 꿀잠 아이템의 값을 지불했다. 평온해진 얼굴로 가게를 나서는 그녀를 배웅한 뒤, 자자는 슬로의 어깨에 앉은 채 날개를 활짝 펼쳤다.

"아저씨, 얼른 얘기해주세요. 첫눈 오는 날에 고백하면 사랑이 이루어진다는 말처럼, 첫눈 커튼도 정말 사랑을 이루어주나요?"

"사랑이 이루어진다고는 장담할 수 없어. 자자 너에게만 몰래 얘기해주는 첫눈 커튼의 특별한 효능이 있는

데……"

오슬로의 말을 들은 자자의 큰 눈이 더욱 동그래졌다. 얼른 말해달라는 듯 발톱으로 오슬로의 어깨를 콕콕 찍었다.

"첫눈이 내리는 걸 보면 설레고 기분이 좋잖아. 그 감정이 향기로 변해서 잠든 손님의 몸에 스며들 거야. 그 향기를 맡은 사람은 기분이 좋은 순간마다 이 손님을 떠올리게 될지도 몰라. 짝사랑을 이루어준다고 확신할 수는 없지만, 손님을 기분 좋은 향으로 기억하게 될 건 분명해. 또다른 관계로 나아갈 수 있을지는 시간이 지나봐야 알겠지만."

오슬로의 이야기를 들은 자자는 한껏 나와 있던 부리를 쏙 집어넣었다.

"신기해요. 저희도 오늘은 커튼을 바꿔 달아볼까요? 어떤 향이 날지 궁금하거든요!"

유리 통창으로 파스텔 톤의 하늘이 잠시 나타났다 사라졌다.

구름나라 패스포트

＊

세
번
째
손
님

비가 오는 오후였다. 쌀쌀하고 어둑어둑해서 오후 2시 밖에 안 되었는데도 발길이 뚝 끊겼다. 보통 저녁 시간까지는 문을 열어두지만, 오늘따라 거리를 지나는 사람도 보이지 않아 오슬로는 일찍 마무리해야 할지 고민하고 있었다.

　"오늘은 좀 일찍 영업을 마쳐볼까?"

　빗방울이 창문에 부딪치며 기분 좋은 소리가 났다. 창문 틈으로 시원하고 차가운 비의 냄새가 들어왔다. 오슬로는 창문에서 한발 떨어져 가게를 둘러보았다. 파도 무늬가 은은하게 비치는 얇은 실크 커튼이 일렁였다. 빗소리와 장작이 타는 소리가 자연스럽게 어우러진 꿀잠 선물 가게는 무척 아늑했다. 몸을 감싸오는 따뜻함에 슬슬 나른한 졸음이 몰려왔다.

"이럴수록 자강불식해야 한다고요! 스스로 힘써 몸과 마음을 가다듬어 쉬지 아니한다! 퇴근하고 늦게 오는 직장인 손님들도 있고, 가족이랑 저녁 식사까지 마치고 오는 분들도 있으니 조금만 더 기다려봐요."

이미 감기고 있는 오슬로의 눈꺼풀을 보며 자자는 눈을 흘겼다. 꿀잠 선물 가게를 찾는 모든 손님에게 실망을 주고 싶지 않은 마음이었다. 자신의 고용주(이자 가족)가 손님이 문을 여는 순간만이라도 깨어 있기를 바라는 자자였지만, 보아하니 바람은 이루어지지 않을 것 같았다. 어느새 소파로 간 오슬로가 마치 아이스크림이 녹듯 잠에 빠져들었기 때문이다.

추적추적 비가 계속 내렸다. 시간이 부지런히 흘러, 어두워진 사위만큼 달은 선명히 자태를 드러냈다. 빗속에서도 달이 훤히 보이는 날이었다. 잠깐 졸고 일어난 오슬로는 이제 정말 가게 문을 닫아야겠다고 생각하며 자자를 쳐다보았다.

"드르렁, 푸우우……"

조금 더 기다려보자며 타박하던 자자가 쿨쿨 자는 것을 보며 오슬로는 웃음을 터뜨렸다.

'귀여운 녀석!'

볼이라도 꼬집어주고 싶은 마음에 오슬로는 부엉이의 부리를 아주 살짝 건드렸다. 자자가 편히 잘 수 있도록 푹신한 방석을 하나 더 깔아주려던 그때, 꿀잠 선물 가게의 문이 열렸다. 종소리에 놀란 자자는 푸드덕푸드덕 날갯짓을 하며 급히 깨어났다. 오슬로가 진정하라는 듯 자자의 머리를 쓰다듬으며 손님에게 인사를 건넸다.

"어서 오세요. 꿀잠 선물 가게입니다."

'이럴 수가.'

세상에서 가장 야무진 조수라고 자부하던 자자는 졸던 모습을 들켰다는 걸 깨닫고 창피해졌다.

우산을 접으며 문을 열고 들어온 손님은 아담한 체형의 중년 여성이었다. 짧은 머리에 동그란 안경을 쓰고, 손에는 알록달록한 뜨개가방을 들고 있었다. 신중해 보이는 인상이었다. 자자를 보고도 보통의 손님들처럼 신기한 듯 구경하지 않고 다정한 눈길을 보냈다.

"빗길에 오시느라 고생하셨어요."

그가 손님을 받는 사이 자자는 꿀차를 타러 재빠르게 날아갔다. 손님은 커다란 주황 우산을 문 옆에 세워둔 뒤, 옷에 묻은 물기를 툭툭 털고는 의자에 앉았다. 자자는 손님에게 꿀차를 건넸다.

"이 꿀차에는 마법이 조금 섞여 있어요. 차를 마시며 이야기를 나누다보면 졸음이 몰려올 텐데, 마음 편히 주무시고 나면 꿀잠 아이템을 추천해드리겠습니다."

오슬로가 말했다.

"딸들이 이곳을 추천해주었거든요. 꿀잠 선물 가게만의 불면 해결 방식을 들으니 꼭 한번 와보고 싶었어요. 그나저나 제가 너무 늦었죠? 저녁 먹고 집안일도 마무리하고 오느라…… 문이 닫혀 있을지도 모른다고 생각하고 서둘러 왔는데 다행히 아직 불이 켜져 있더라고요."

손님은 희미한 미소를 띤 얼굴로 꿀차를 마셨다.

"따님분들이 저희 가게를 알고 계신 모양이군요!"

"네. 예쁘게 생긴 부엉이도 있다고 했는데, 소문대로 아주 귀엽네요. 꿀차도 정말 맛있어요. 비가 와서 으슬으슬했는데 덕분에 잘 마시겠습니다."

딸들을 생각하는 그녀의 표정에서 다정함이 묻어났다. 오슬로는 그런 손님을 보며 미소 지었다. 자자만이 불만 가득한 표정이었다. 그렇지 않아도 뾰족한 부리가 삐죽 튀어나왔다.

'첫, 코가 빠지는 말이군. 귀엽다니. 요 며칠 부엉이의 생명인 멋진 날개와 눈썹을 다듬지 못한 탓이야! 휴일에 꼭 정리해야지.'

투덜거리며 유리창에 비친 자신의 모습을 이리저리 둘러보는 자자였다. 그런 자자를 본 오슬로는 얼른 덧붙였다.

"아무래도 저희 자자는 귀엽기보단 멋있죠, 하하."

품위 있는 모습을 추구하는 자자의 마음을 누구보다도 잘 헤아리는 오슬로였다.

"최근에 몸이나 마음에 변화가 있었을까요?"

"몸이야 늘 비슷한데, 요즘은 마음이 문제인 것 같아요. 이유 모를 답답함에 지금까지의 삶을 돌이켜보곤 해요. 제가 없어진 느낌이랄까요…… 말로 하기에는 복잡한 감정이에요."

"어떤 감정은 말로는 잘 표현이 안 되더라고요. 힘드시겠어요."

오슬로는 손님이 춥지 않도록 벽난로에 장작을 조금 더 넣었다. 자자는 오슬로와 손님이 이야기하는 사이 손님 앞에 놓인 빈 머그잔을 치우며 꿀통에 꿀이 얼마나 남았는지 확인했다.

'요즘 손님이 많긴 많나보네.'

지난 달빛시장 방문 때 넉넉하게 사 왔다고 생각했는데, 어느덧 꿀은 거의 동나 있었다.

자자가 손님의 머리맡으로 날아가 그녀의 얼굴을 들여다보았다. 어느새 손님은 낮은 숨을 내뱉고 있었다. 들어올 때는 동그란 안경에 가려져 잘 보이지 않던 근심이 잠든 얼굴 위로 떠올랐다. 피곤했던 모양인지 코까지 고는 손님의 머리에 자자는 살며시 기댔다. 밤하늘처럼 까맣게 물든 눈동자, 그 위로 오로라가 은은하게 내려앉았다. 오슬로도 장작이 잘 타도록 한번 더 뒤적이고는 부엉이 안대를 챙겨 의자에 앉았다.

자자는 깊은 꿈속을 들여다보기 위해 힘껏 날았다. 꿈속은 언뜻 잔잔하고 평온한 기운을 지닌 것처럼 보였다. 손님은 오십대 후반의 주부였다. 고등학교를 졸업한 뒤, 어려운 집안 사정 탓에 대학교에 가지 못하고 곧바로 일을 시작했다. 공부를 더 하고 싶다는 아쉬움은 있었지만 그래도 여자는 앞으로의 삶에 자신이 있었다. 성실함과 꾸준함으로 직장에서도 인정받았다. 열심히 일을 하며 몇년쯤 보내다가 지금의 남편을 만났다.

여자가 이십대 후반에 접어들었을 무렵, 직장동료의 소개로 그를 알게 되었다. 남들처럼 평범하게 연애를 하고 결혼을 했다. 남자는 느긋하고 여유가 있는 사람이었다. 크게 화를 내거나 슬퍼하는 일이 없었다.

결혼하고 3년의 시간이 꼬박 흐르고, 첫째 딸을 가졌다. 당시만 해도 육아휴직을 쓰기 어려워 자연스레 회사를 그만두게 되었다. 몇년이 지나지 않아 둘째 딸을 얻었고, 두 아이를 키우며 시간은 빠르게 흘렀다. 돌이켜보면 고비도 꽤 있었으나, 삶은 브레이크가 고장 난 열차처럼 속절없이 빠르게 달려 힘든 기억들도 그저 흐리게 스쳐갔다. 불화 없는 잔잔한 결혼생활을 이어온 지도 벌써 30년이다. 모난 데 없이 똑똑하고 바르게 자란 자식들은 큰 자랑이었으나, 제 인생을 찾아가는 자식들을 보며 여자는 울컥울컥 어떤 마음들이 치미는 것을 느꼈다. 거대한 감정의 소용돌이가 여자의 꿈속을 가득 채웠고, 자자는 그 마음에 대해 다 알 수 없었다. 답답한 마음인지 혹은 안정에 익숙해진 마음인지, 혹은 텅 비어버린 마음인지 구별할 수 없었다. 확실한 건 그녀가 행복하거나 기쁘지는 않다는 점이었다. 좋고 나쁜 것도 잘 구별할 수 없는 상태였다. 무료한 삶이 이어질 뿐이었다.

남편과의 관계 역시 비슷했다. 남편에게는 이렇다 할 취미가 없었다. 출근을 해서 일을 하고 퇴근해서 밥을 먹었다. 주말에는 함께 어딘가로 여행을 가기도 했지만, 깊이 공유하거나 잘 맞는다고 할 부분은 딱히 없었다. 둘 사이에 맴도는 침묵은 자연스러웠다. 대부분 그렇게 살아간다고 생각한 여자는 크게 걱정하거나 힘들어하지 않았다. 가끔은 가족이 다 같이 맛있는 것을 먹으러 가기도 했고, 휴가 때는 산이나 바다를 찾기도 했다.

그러나 그런 날들도 아이들이 커가면서 점차 줄어들었다. 아이들은 각자의 애인이나 친구들과 함께 일상을 보내는 날들이 더 많아졌다. 여자는 이제 자신의 곁에는 아무도 없는 것 같았다. 앞으로도 끝없이 이어질 외롭고 지루한 삶을 변화시키고 싶었다.

인생을 변화시키는 법

중년 자기계발

황혼 이혼

내 삶의 주인이 되는 법

포털사이트에 갖가지 키워드를 검색해보던 여자는 문득 자신이 순간의 감정에 휩싸여서 안정적인 모든 것을 포기하려는 것은 아닐까 생각했다. 불안한 미래의 모습이 자꾸만 그려졌다. 점점 더 마음을 견디기가 어려워졌다.

여자의 마음은 충동적인 것만은 아니었다. 자자가 느끼기에도 그랬다. 자신이 주인공인 인생을 살아보고 싶다는 욕구가 명료하게 모습을 드러낸 것이었고, 이는 자연스러운 일이었다. 양육의 책임감에서 벗어난 여자가 해방감을 느끼는 동시에 혼란도 겪는 게 아닐까, 자자는 생각했다.

"엄마, 무슨 고민 있어?"

여자의 얼굴에 드리운 그늘을 알아챈 첫째 딸이 살갑게 말을 걸어왔다.

"엄마가 요즘 자주 하는 생각이 있어. 네가 하고 싶은 게 무엇인지 잘 생각해봐. 돈을 많이 쓰고, 인생과 시간을 낭비하겠다는 생각도 해보고. 엄마는 늦었지만, 네 나이 때는 무슨 일을 하더라도 괜찮아. 지금은 사소해 보이는 일들도 다 경험이고, 저마다의 의미가 있을 거야."

그 말을 들은 딸은 곰곰이 생각하더니 말했다.

"나는 엄마도 전혀 늦지 않았다고 생각해. 우리 키우느라 고생했으니까 엄마가 이제 뭔가를 해보고 싶다고 하면 무엇이든지 응원할게. 엄마도 충분히 새로운 것을 도전하고 시작할 수 있는 나이야."

일찍 철이 들어 친구 같은 딸이 되어준 첫째는 지금 여자에게 꼭 필요한 말을 해주었다.

딸과의 대화 후 생각이 더 깊어졌다. 새로운 삶을 시작해보고 싶다는 의지가 조금씩 더 강해졌다. 마음은 단단해져만 가는데, 남편에게 어떻게 이야기하면 좋을지 잘 떠오르지 않았다. 그와의 결혼생활은 늘 즐겁다곤 할 수 없었지만 그렇다고 불행하지도 않았다. 남편은 항상 가족을 위해 애쓰는 사람이었다. 무던하고 말이 없는 성격 탓에 답답한 적도 많았지만, 그 성격이 싫지는 않았다. 단지, 여자는 앞으로의 인생을 온전히 자신을 위해 쓰고 싶을 뿐이었다. 마음은 아프지만 그것이 남편을 위해서도 좋은 선택이 아닐까 생각했다.

상황을 지켜보던 자자는 한숨을 푹 쉬었다. 여자의 마음이 이해가 갔다. 자신을 우선으로 두면서 새롭게 꾸려나가는 삶에 대한 갈망도, 자신의 선택으로 사랑하는 가족이 상처받지는 않을까 걱정하는 마음도 모두 알 것 같았다. 어리광이 많은 둘째와 친척들의 시선도 신경 쓰일

터였다. 경제적인 문제도 있었다. 스스로 삶을 꾸려가려면 먼저 혼자의 힘으로 일어설 수 있어야 했다. 여자의 꿈이 점점 어두워지는 것을 느끼며 자자는 망토를 단단히 여미고 꿈 밖을 향해 날았다.

오슬로는 이미 소파에서 일어나 진열장 앞에 서 있었다. 틈날 때마다 새롭게 만들어둔 꿀잠 아이템들 덕분일까, 잔잔한 달빛이 오슬로에게도 번져 있었다.

"자자, 돌아왔어? 이번 손님에게는 정말 좋은 아이템을 추천해주고 싶네. 우리 꿀잠 선물 가게가 손님의 인생에 큰 변화를 줄 것 같은 예감이 들거든."

오슬로는 진열장 속 꿀잠 아이템들을 천천히 훑어보며 사뭇 진지하게 말했다.

"그러게요. 손님의 꿈속이 계속해서 반짝이면 좋겠어요."

자자도 그의 말을 거들며 답했다. 그사이 단잠에 빠졌던 손님이 눈을 살며시 떴다.

"제가 깜빡 잠들었군요."

"든든한 조수 부엉이가 손님이 주무시는 동안 잠시 꿈속에 다녀왔어요. 자자가 힘써준 덕분에 손님에게 딱 맞는 꿀잠 아이템을 추천해드릴 수 있게 되었습니다."

오슬로는 손님을 카운터 쪽으로 안내했다.

"정말요? 고마워, 멋있는 자자."

손님은 자자의 머리를 살짝 쓰다듬었다. 자자도 살그머니 손님 쪽으로 머리를 기댔다. 진열장을 뒤적이던 오슬로는 그녀에게 여권 하나를 건넸다. 달빛이 묻어 은은하게 반짝이는 여권이었다.

"이건 구름나라 패스포트입니다. 현실의 모든 조건을 잊고 새로운 곳으로 떠나고 싶은 사람에게 추천하는 아이템인데요. 이 아이템을 사용하면 꿈속에서 새로운 삶을 경험할 수 있으실 겁니다. 여권을 펼쳐보면 맨 앞장에 작은 거울이 붙어 있어요. 잠을 자기 전에 거울 속 얼굴을 마주하며 어디로 떠나고 싶은지, 어떤 삶을 살아보고 싶은지 곰곰이 생각해보세요. 그리고 여권에 도장이 찍히지 않은 면을 펼쳐 베개 아래에 두고 주무세요. 꿈속에서 손님은 바라는 세계로 날아갈 수 있을 겁니다. 가는 길에는 구름이 펼쳐져 있을 거예요. 한가지 유의해야 할 점은, 그 세계는 진짜가 아니라는 겁니다. 진짜 자신은 꿈이 아닌 현실에 있다는 것을 늘 명심하세요.”

구름나라 패스포트는 일반 여권과 비슷한 크기에 가볍고 말랑말랑했다. 달빛으로 반짝이는 표지에는 하늘이 펼쳐져 있었는데, 구름 한조각이 어딘가로 둥실둥실 떠가고 있었다. 구름은 계속 움직이며 천천히 모습을 바꾸기도 했다. 오슬로의 말처럼 맨 앞장에는 작은 거울이 하나 붙어 있었고 그다음 장부터는 빈 종이가 이어졌다.

“구름나라 패스포트는 매번 효과를 발휘하지는 않아요. 진정으로 꿈꾸는 삶이 있을 때 꿈속에서 구름을 타고 원하던 곳에 도착할 수 있죠. 미리 말씀드리지만, 꿈을 꾸고 나면 손님이 생각한 것과는 반대로 아주 허무해지거나 울적해질 수도 있어요. 그러나 꿈을 통해 경험한 삶을 진심으로 원한다면, 이 구름나라 패스포트가 그 인생을 살아볼 용기를 손님의 마음속에 심어줄 겁니다. 그다음 날이면 빈 종이에 도장이 하나 찍혀 있을 거예요."

오슬로의 말대로 구름나라 패스포트를 사용하면 허무함이나 좌절감에 빠질 위험도 있었다. 간절히 원하는 삶이라고 생각했지만, 막상 그 인생을 겪어보면 실망할 수도 있고 혹은 이루기 힘든 꿈이라는 걸 깨닫게 될 수도 있으니 말이다.

"말씀을 들으니 더욱 신중하게 사용해야겠다는 생각이 드네요. 제가 구름나라 패스포트를 통해서 본 세상은 그저 한 장면일 뿐이잖아요. 그 인생으로 가는 과정이 고통스러울 수도 있고, 혹은 아이템을 사용하지 않은 지금이 더 행복할 수도 있으니……"

골똘히 생각에 잠겼던 그녀는 말을 이었다.

"구매는 하지만 어쩌면 패스포트를 사용하지 않을 수

도 있겠어요. 쓰게 되더라도 정말 간절히 원하는 삶을 생각해보고, 그때 사용하겠습니다. 좋은 물건 추천해주셔서 감사합니다."

손님은 꿀잠 아이템의 값을 지불하고는 주섬주섬 짐을 챙겼다. 가게 문을 나서는데 여자의 전화벨 소리가 울렸다. 어디냐고 묻는 남편의 전화였다. 곧 가겠다고 답하는 그녀의 표정이 환했다.

중년 손님의 고민은 여기서 끝날 수도 있고 혹은 더 이어질 수도 있겠지만, 꿀잠 선물 가게를 나서는 그녀의 뒷모습은 이미 반짝이고 있었다.

"밤새 비가 오려나보네."

오슬로가 창밖을 보며 혼자 중얼거렸다. 빗소리가 밤을 채우고 있었다.

따뜻한 마음을 처방합니다

손님이 끊이지 않아 자자와 오슬로는 바쁜 하루를 보냈다. 해가 슬그머니 자취를 감출 무렵 둘은 비로소 한숨을 돌릴 수 있었다. 오슬로는 소파에 앉아 곧바로 꾸벅꾸벅 졸았고 조수 부엉이 자자도 전용 방석에 앉아 털을 다듬었다.

　털을 열심히 다듬던 자자 앞에 웬 고양이 한마리가 나타났다. 행색을 보아하니 길고양이인 것 같은 녀석은 자자를 빤히 쳐다보았다. 깜짝 놀란 자자는 순간 문에 달린 종이 울렸던가, 되짚어보았으나 그건 아니었다. 아무래도 바로 전 손님이 나가는 틈을 타 들어온 듯했다. 당황한 자자가 날개를 퍼덕이는 바람에 졸던 오슬로도 깨어났다. 고양이를 발견한 오슬로 역시 깜짝 놀라, 하품할 틈도 없이 서둘러 자자 곁으로 다가왔다.

"무슨 일이니, 고양이야?"

오슬로의 물음에 따뜻한 햇살 같은 주황색 털을 가진 고양이는 야옹야옹 울었다. 오슬로와 자자는 고양이의 말을 알아들을 수는 없었지만, 고양이가 불면에 시달리다 찾아온 것만은 직감적으로 알 수 있었다. 가게를 찾는 손님 특유의 불면으로 지친 눈동자를 고양이도 가지고 있었기 때문이다. 오슬로가 고양이를 쓰다듬는 동안 자자는 재빨리 꿀차를 타 왔다. 작은 고양이를 위해 특별히 더 신경 써서 꿀차를 만들었다. 오슬로는 뜨거운 차를 후후 불어 조금 식힌 뒤 넓은 접시에 담아 발치에 내려놓았다. 치즈 색깔을 닮은 털을 가진 고양이는 꿀차를 몇번 홀짝이다가 그대로 오슬로의 발에 턱을 괸 채 잠들었다. 갸르릉 소리를 내며 잠든 고양이를 오슬로는 계속해서 쓸어주었다.

"다녀올게요."

자자는 바닥으로 살포시 내려가 고양이의 머리에 자신

의 머리를 조심스레 기댔다.

'인간이 아닌 손님의 꿈에 들어가는 건 오랜만이라 꽤 긴장되는군……'

자자는 중얼거리며 고양이의 꿈속으로 쑥 들어갔다.

꿈으로 들어가자 먹먹하고 슬픈 감정이 자자의 몸을 휘감았다. 더 깊은 꿈속으로 날아가자 하나의 장면이 달처럼 둥글게 떠올랐다. 꿀잠 선물 가게에 들어온 고양이의 이름은 나비. 아파트 지하실에서 태어난 나비는 어미 고양이 그리고 다른 네 형제와 함께 지냈다. 혹독한 겨울의 추위는 지하실까지도 파고들기 마련이었지만, 가족들과 함께이기에 나비는 행복했다. 여느 때처럼 형제들과 함께 뒹굴며 엄마를 기다리던 그날, 돌아올 시간이 지났는데도 엄마는 소식이 없었다. 종종 마주치던 검은 고양이는 엄마가 먹이를 구하러 다니다가 들개에게 물려 죽었다는 이야기를 전했다. 삶에서 가장 큰 존재가 한순간에 사라질 수도 있다는 것을 아기 고양이들은 배워야만 했다.

아직 사냥도 제대로 배우지 못한 고양이들은 이제 엄마 없이 직접 먹이를 구해야 했다. 그렇게 형제들은 뿔뿔이 흩어졌다. 홀로 남아 아파트 지하실에 숨어 지내던 나비는 쓸쓸하고 외로웠다. 잠을 자려고 웅크리면 행복했던 기억이 떠올랐다. 얼굴을 부비며 사랑을 주던 엄마, 함께 장난치던 형제들이 그리웠다. 어디선가 형제들의 소리가 들리는 것만 같았지만 눈을 뜨면 곁에 아무도 없었다. 사람들이 길고양이들을 위해 내놓은 음식을 얻어먹으며 삶을 이어가던 나비는 가끔 보일러실 점검을 하러 들어오는 경비아저씨와 만나게 되었다. 경비아저씨가 주황빛의 아기 고양이에게 '나비'라는 이름을 붙여주었다.

아저씨는 나비에게 참치캔과 사료를 챙겨주었다. 그마저도 오래 가지 못했다. 길고양이에게 함부로 먹이를 주지 말라는 아파트 주민들의 항의로 경비아저씨는 나비를 돌봐줄 수 없게 되었다. 나비는 가족을 잃었던 순간이 떠올랐다. 또다시 소중한 존재를 잃었다는 생각에 상실감이 찾아왔다. 점점 말라가던 나비는 먹이를 찾아 떠돌기 시작했다. 아파트 단지를 떠나 거리를 배회하는 날들이 이어졌다.

물론 고양이가 어떤 곳인지 알고 꿀잠 선물 가게에 들어온 건 아니었다. 나비가 길에서 배운 것은 자신에게 먹이를 줄 인간과 몽둥이질을 할 인간을 구별하는 법이었다. 떠돌던 나비는 우연히 꿀잠 선물 가게 앞을 지나게 되었다. 나비는 내부가 훤히 보이는 유리창을 통해 꿀잠 선물 가게를 관찰했다. 경계심을 잔뜩 품고 자자와 오슬로를 면밀히 지켜보니, 저들이 먹이를 줄지 확신할 수는 없어도 적어도 몽둥이질은 하지 않을 것 같았다. 어쩌면 잠시 쉬어가도록 곁을 내줄지도 모를 일이었다. 그래서 잠깐 문이 열린 틈에 재빨리 가게 안으로 들어왔던 것이다.

자자는 고양이의 쓸쓸한 마음을 조금이나마 위로할 수 있도록 달빛 망토의 은은한 빛을 조금 덜어주고 나왔다.

밤을 환하게 비추는 달빛처럼 나비의 마음속에도 밝은 기운과 평온함이 피어오르기를 바랐다.

나비가 미뤄둔 잠을 자는 동안 오슬로는 천천히 나비의 머리와 등을 쓰다듬어주었다. 그 모습을 지켜보던 자자는 옛 기억이 떠올랐다.

∘∘∘

자자와 오슬로가 만난 건 4년 전쯤이었다.

자자의 첫 기억은 따뜻한 둥지에서 시작한다. 비록 알 속에 머물던 시기였지만 그때를 생각하면 뭉클한 온기가 느껴지는 것만 같았다. 알에서 깨어나기를 기다리던 어느 날, 갑자기 큰 충격이 자자를 덮쳤다.

빠직!

자자의 알이 둥지 밖으로 떨어졌다. 아늑하던 공간은 순식간에 춥고 매서운 곳으로 변했다. 금이 간 틈으로 차가운 밤바람이 비집고 들어오면서 축축하게 수분을 머금던 자자의 몸이 마르기 시작했고, 체온도 점점 떨어졌다. 자자가 의식을 잃어가던 그때, 구름에 가렸던 보름달이 자자 위로 천천히 모습을 드러냈다. 분명 하늘이 흐려 달이 보이지 않는 날이었는데, 자자의 위태로운 모습을 본 달님이 찾아와준 것만 같았다. 구름 사이에서 빠져나온 달은 자자의 온몸을 따뜻한 달빛으로 감싸주었다. 깨진 알 틈 사이로 신비롭고 은은한 달빛이 내리쬐자 자자의 몸은 촉촉함을 되찾았고, 체온도 서서히 회복되었다. 햇살만큼의 따뜻함은 아닐지라도, 달빛이 품은 은은한 따스함은 아기 부엉이가 목숨을 잃지 않도록 해주었다.

이윽고 알 속의 자자가 빛나기 시작했다. 마치 보름달이 마법의 힘을 선물해주는 것만 같던 그 순간, 자자는 희미하게 눈을 떴다. 아주 작은 자자의 두 눈이 검은 밤하늘처럼 빛나며 달빛을 흡수했다. 별들의 기운도 함께 깃들었다. 자자의 눈에 오로라가 일렁였다. 어느새 구름은 완전히 걷혔고 빛나는 보름달과 반짝이는 별들이 한마음으로 자자를 응원했다. 금이 간 부분이 서서히 원래의 모습으로 돌아갔다. 아주 춥고 어둡던 그 밤, 아름답고 간절한 마음들이 아기 부엉이 자자를 살려낸 것이다.

당시 오슬로는 한창 꿀잠 선물 가게를 구상하고 있었다. 여느 날과 다름없이 꿀잠 선물 가게에 대한 생각을 하며 산책을 하던 오슬로는 숲길 사이에서 반짝이는 것을 발견했다. 가까이 가보니 바닥에 떨어진 알이 은은한 빛을 내뿜고 있었다.

뻐꾸기가 나무 위의 둥지에 알을 낳고 간 모양이었다. 둥지에 먼저 있던 알들보다 조금 빠르게 부화한 새끼 뻐꾸기가 다른 알들을 둥지에서 밀어내며 떨어진 듯했다. 오슬로는 바닥에 떨어진 알 속 아기 새가 이미 목숨을 잃었을까 덜컥 겁이 났다. 옳은 일인지 판단할 새도 없이 알을 챙겨 허겁지겁 집으로 왔다. 포근한 방석 위에 알을 올리고, 직접 뜬 부드러운 담요를 덮어두었다. 알이 식지는 않는지 밤새 뜬눈으로 살피며, 따뜻한 물주머니도 곁에 놔주었다. 아기 새에게 깃든 달의 마법을 알 턱이 없는 오슬로였지만, 어떤 신비로운 힘이 자신과 새를 이어준다고 느꼈다. 다음 날 아침, 깜빡 잠이 든 오슬로는 투둑, 투둑 무언가 터지는 것 같은 소리에 눈을 떴다. 아기 새는 온 힘을 다해 깨진 틈을 비집고 나오고 있었다.

알에서 깨어나 눈을 완전히 뜬 자자가 처음 마주한 존재는 오슬로였다. 아기 자자는 오슬로를 엄마처럼 여기며 항상 따라다녔다. 오슬로의 말을 흉내 내며 자연스럽게 사람의 말도 배웠다.

자자는 훌쩍 자라 오슬로와 자신이 다른 존재라는 것을 받아들이게 되었다. 꿈잠 선물 가게를 찾아오는 다양한 사람들이 모두 자신과는 다른 생김새를 가졌다는 것도 점차 깨달았다. 그들은 날개가 없어 하늘을 날 수는 없었지만 두 다리로 오랫동안 걸을 수 있었다. 뾰족한 부리 대신 부드러운 입술을 가지고 있었다. 그 입술로 때로는 뾰족한 말을 내뱉기도 했다. 자자의 혼란이 깊어가자, 오슬로는 자자가 어떻게 태어났고 어째서 이곳에 와 있는지 들려주었다. 오슬로의 이야기를 들은 자자는 희미하게나마 달빛과 별빛이 맴돌던 마법의 시간을 떠올릴 수 있게 되었다.

오슬로는 작고 귀여운 새끼 부엉이에게 언제나 포근한 잠이 깃들기를 바라는 마음에서 '자자'라는 이름을 붙여주었다. 그렇게 자자와 오슬로는 서로에게 소중한 가족이 되었다.

∘∘∘

자자는 자신이 오슬로를 만난 것처럼 나비도 따뜻하고 멋진 가족을 만나면 좋겠다고 생각했다.

나비를 지켜보던 오슬로는 꿀잠 아이템 진열장으로 눈

길을 돌렸다. 오슬로가 일어나자 자자도 후다닥 날아와 그의 어깨에 앉았다.

"우리 가게에는 고양이에게 줄 만한 아이템이 딱히 없네…… 그래도 뭔가를 선물해주고 싶은데 어쩌지?"

오슬로는 진열장 앞에서 턱을 괴고 고민했다. 그 모습을 살펴보던 자자가 입을 열었다.

"이건 어때요?"

자자는 뾰족한 부리로 진열장 옆쪽을 가리켰다. 오슬로도 눈을 빛냈다.

"좋다! 역시 든든한 조수라니까!"

칭찬을 받은 자자는 볼이 발그레해진 걸 숨기려고 헛기침을 했다. 오슬로는 자자가 가리킨 쪽으로 가 물건을 집어 카운터 위에 올려두었다. 마침 잠에서 깨어난 나비가 몸 전체를 웅크렸다가 쭉 펴면서 일어났다.

"잘 잤니? 너에게 줄 수 있는 선물을 고민했는데, 아무래도 이게 좋을 것 같아."

오슬로가 손에 든 물건은 은은한 파란색이 물감처럼 번진 넓은 그릇이었다.

"이건 내가 며칠 전에 만든 건데, 파란빛이 감도는 예쁜 그릇에 디저트를 담아 먹고 싶은 마음에 만들었던 거란다. 아침저녁으로 이 그릇에 신선한 물을 담아둘게. 놀다가 목이 마르면 언제든지 찾아오렴. 네가 원할 때면 밥이나 간식도 챙겨줄게. 이곳 꿀잠 선물 가게는 너에게 또 다른 집이 되어줄 거야."

슬로는 나비의 머리와 등을 쓰다듬으며 온기를 나누어 주었다. 나비도 기쁨이 담긴 눈동자로 오슬로를 올려다보고는 깜빡 눈을 감았다가 떴다. 나비의 눈동자 속에 머물던 외로움과 슬픔, 고된 마음들이 조금은 녹아내린 것 같았다. 훌쩍 창틀에 올라간 나비는 고개를 돌려 가게를 슥 훑어 보고는 밖으로 나갔다. 오슬로는 밝아진 나비의 모습에 슬며시 미소 지었다.

이튿날부터 파란 그릇은 물과 사료로 채워졌다. 나비

가 언제든 들어와 쉴 수 있게 한구석에 자리도 마련해두었다. 그 마음을 알았는지 나비는 가게의 영업이 끝날 즈음 찾아와 물과 밥을 챙겨 먹고 달콤한 꿈을 꾸며 쉬었다. 나비의 보금자리가 된 꿀잠 선물 가게는 한층 더 아늑한 기운을 품었다.

오로라 망토를 둘러맨 조수 부엉이

* 오늘은 휴일

오랜만에 꿀잠 선물 가게가 쉬는 날이다. 보름달이 뜨는 날은 꿀잠 선물 가게의 정기휴무일이었다. 조수 부엉이 자자는 가게 앞으로 날아가 팻말을 바꾸어두었다.

오늘은 쉽니다

"고진감래, 고생 끝에 즐거움이 온다! 드디어 쉰다."

손님들에게 꿀잠을 선물하는 일의 보람은 크지만 역시 아무것도 하지 않아도 되는 휴일이야말로 무엇과도 바꿀 수 없는 기쁨이다. 자자는 신이 나서 날갯짓을 했고, 오슬로도 나른한 몸을 일으키며 스트레칭을 했다.

항상 조는 오슬로를 챙기며 가게 일을 도맡는 자자를 위해 휴일만큼은 오슬로가 책임지고 쌓인 일들을 처리했다. 스트레칭을 마친 오슬로는 청소를 시작했다.

먼저 구석구석 쌓인 먼지를 털었다. 가게에서 직접 물건을 만들다보니 재료에서 나오는 먼지 덩어리와 목재의 부스러기, 유리의 잔해가 가게 곳곳에 쌓여 있었다. 매일 정리를 해도 어쩔 수 없었다. 평소보다 더 신경 써서 말끔히 닦아내니 진열장과 창고에 머물던 달빛이 조금 더 선명해진 느낌이었다.

"아직도 끈끈하네, 이런……"

오슬로가 중얼거렸다. 얼마 전 방문한 손님이 꿀차를 마시는 도중에 잠들어버린 일이 있었다. 그때 꿀차를 쏟은 자리가 여전히 끈적였다. 휴일에는 끈적한 부분들을 모두 청소하자 마음먹었던 오슬로는 바닥도 꼼꼼하게 닦았다. 입었던 잠옷들이 꽤 쌓여서 달빛시장에서 산 섬유 유연제를 넣고 빨래도 돌렸다. 세탁기에서 잔잔하고 고요한 밤의 냄새가 났다.

집안일을 모두 마친 오슬로는 정돈된 가게를 쭉 둘러

보며 곧 열릴 달빛시장에서 어떤 재료들을 사면 좋을지 떠올려보았다. 만들어야 하는 아이템과 새롭게 만들고 싶은 아이템의 구상을 마쳐둔 터였다.

"이번에는 사야 할 재료들이 많네……"

오슬로는 아이템 목록을 적어내려가며 중얼거렸다. 손님들에게 더 건강하고 달콤한 잠을 선물하고 싶은 그의 욕심은 점점 커져갔다. 이번에는 더 많은 물건들을 사서 여러 아이템을 만들 생각에 기분이 달떴다.

보름달이 뜨는 날 밤에는 달빛시장이 열린다. 달이 크게 떠올라 온 세상이 달빛으로 덮이는 날은 그만큼 달빛시장의 규모도 커진다. 신비로운 물품들을 더 많이 만날 수 있다는 뜻이다. 완제품도 살 수 있기는 하지만 꿀잠 아이템을 만들 수 있는 신비로운 재료들을 다양하게 살펴볼 수 있었다. 시장이 열리는 날을 앞둘 때면 오슬로는 새 아이템들을 구상해 필요한 재료 목록을 적어두곤 했다. 이번에는 사 올 재료들이 꽤 많아 오슬로와 자자는 기대에 부풀어 있었다. 지난 달빛시장은 날씨가 흐려 달빛도 약하고 물품의 가짓수도 적어 실망스러웠다. 요 며칠 맑은 하늘에 구름 한점 없는 날씨가 이어지면서 둘의 마음은 기분 좋은 기대감으로 꽉 차 있었다.

오전 내내 열심히 일한 오슬로는 한가로운 오후를 맞이할 준비를 했다. 먼지를 털고, 바닥을 닦고, 물건들도 차곡차곡 정리해두자 가게는 반짝반짝 빛났다. 진열장과 보관함 주변에만 은은하게 머물던 달빛이 가게 전체를 둥글게 휘감았다. 아늑하고 평화로웠다. 오슬로는 안락의자에 앉아 좋아하는 책을 읽기 시작했고, 충분히 쉰 자자도 어느새 일어나 눈을 껌뻑이고 있었다.

"금강산도 식후경이라고, 오늘 점심으로는 파이 어때요?"

"그럼 휴일 한정 꿀파이를 만들어볼까?"

자자의 물음에 오슬로는 눈을 반짝였다. 그는 아주 어릴 적부터 빵을 무척 좋아했다. 주말마다 가족들과 맛있는 빵을 만들어 먹었던 기억 덕분인지, 타고 나길 손재주가 뛰어나 이것저것 잘 만들던 오슬로의 취미에 자연스레 베이킹도 추가되었다. 꾸덕한 꿀파이, 촉촉한 스콘과 말랑말랑한 식빵, 바삭 쫄깃한 크로와상 그리고 담백 고소한 단팥빵…… 오슬로는 개업할 때 들여놓은 커다란 오븐으로 다양한 빵을 만들었다. 자자도 갓 구운 빵을 먹으며 행복의 날갯짓을 했다. 아주 가끔, 오슬로가 오븐을 켜둔 걸 깜빡하고 조는 바람에 빵을 잔뜩 태워먹기도 했지만 말이다. 그런 날은 자자의 눈총을 피할 수 없었다.

둘은 달빛시장표 꿀을 듬뿍 넣어 만든 파이를 먹으며 느긋하게 밤이 오기를 기다렸다.

"뭐니 뭐니 해도 휴일이 가장 좋은 법이지."

털을 손질하며 중얼거리던 자자는 탁탁, 망토를 펼쳤다. 달빛시장에 대한 기대가 큰지, 아직 어둑어둑해지려면 멀었는데도 망토를 손보는 데 열심인 자자였다. 자자의 망토는 손님의 꿈속에 들어갈 수 있게 해주는 소중한 물건이다. 자자가 꿀잠 선물 가게의 어엿한 조수로 성장했을 즈음 오슬로가 선물해준 망토에는 특별한 기능이 하나 더 있었는데, 보름달이 뜨는 날 망토를 두르면 몸집을 더 크게 만들어주는 것이다. 망토의 신비로운 힘을 받은 덕분에 달에 가까워질수록 자자의 몸은 점점 더 커지고 힘이 세졌다.

'오늘 시장에서 괜찮은 원단을 발견하면 새로 하나 만들어달라고 해야지.'

최근에는 손님이 부쩍 늘어 망토를 사용할 일이 많았다. 그래서인지 여기저기 헤진 망토를 살펴보며 자자는 생각했다. 나른하고 조용한 오후가 지나고 어느덧 빛나는 달빛이 환하게 땅을 뒤덮었다.

"이제 슬슬 출발해볼까요?"

채비를 마친 자자가 뒤를 돌아보았다. 그런데…… 그새 오슬로는 깊이 잠들어 있었다. 손에는 재료 목록을 꼭 쥔 채 소파 깊숙이 파묻혀 있었다. 무슨 꿈이라도 꾸는지,

미소 띤 얼굴로 자는 그를 보며 자자는 살짝 눈을 흘겼다. 마음 같아서는 평소처럼 부리로 콕콕 쪼아서 깨우고 싶었지만, 행복한 꿈을 꾸고 있을 오슬로가 조금 귀엽기도 했다. 오슬로를 지켜보자니 자자는 처음 달빛시장에 갔던 기억이 떠올랐다.

000

아직 어린 자자가 오슬로를 만나 무럭무럭 자라던 시절, 꿀잠 선물 가게가 그 문을 열었다. 오슬로는 손님들의 마음을 어루만져주는 방식으로 가게를 운영했다. 손님들과 이야기를 나누며 고민을 들어주고 직접 만든 물건들을 건네곤 했는데, 달빛의 힘이 깃든 물건들은 아직 만들 수 없던 시절이었다. 자자 역시 손님의 꿈속을 여행할 수 없던 때였다.

어느 날, 아주 크고 둥그런 보름달이 떠올랐다. 자자는 저녁을 맛있게 먹고 소파에서 꾸벅꾸벅 졸고 있는 오슬로의 어깨에 올라 발톱으로 그의 머리를 정돈해주고 있었다. 바로 그때, 창문에 깃든 아주 밝은 달의 기운이 자자를 덮쳤다. 자자는 태어날 때 받았던 생명의 힘, 그 달의 기운이 자신을 부르는 강력한 느낌을 받았다. 홀린 듯 창가로 다가선 자자는 부리로 창문을 열고 온전히 달의 기운을 받았다. 차가운 밤바람이 뺨에 스쳤는지, 어느새 잠에서 깬 오슬로도 자자 곁으로 와 있었다.

"이상해요. 달이 저를 부르는 것 같아요. 이유를 설명하기는 어렵지만, 보름달 안에 들어가면 신비로운 세상이 펼쳐질 것 같아요."

"가보고 싶다면 조심해서 다녀와, 자자야."

오슬로는 걱정이 앞섰지만, 자자에게도 저만의 삶이 있다고 생각하며 마음을 단단히 먹었다.

"금방 다녀올게요. 너무 걱정하지 마세요."

자자는 씩씩하게 말하며 망설이지 않고 날개를 펼쳤다.

달을 향해 가는 길은 멀고도 멀었다. 이제 제법 늠름한 모습이지만 여전히 부엉이치고는 작은 몸으로 달까지 가는 길은 꽤 힘겨웠다.

달까지 가는 길목에서 자자는 반쯤 자면서 날고 있는 새 무리를 마주쳤고, 조금씩 흘러가며 모양을 바꾸는 구름도 만났다. 반짝이는 별들도 만나 큰 눈에 그것들을 가득 담았다. 달에 가까워질수록 부엉이의 눈은 더욱 빛났다.

너무 멀리 온 것 같아 그만 돌아가자고 생각하던 그때, 오로라 같은 빛무리가 눈에 들어왔다. 높이 날아오를수록 차가워지는 밤하늘에 조금 추웠던 자자는 고민도 없이 은은한 온기를 내뿜는 오로라포털로 쑥 들어갔다.

이윽고 자자의 눈앞에는 눈부신 달빛시장이 펼쳐졌다. 여기저기 분주히 뛰어다니는 달토끼들의 모습이 눈에 들어왔다. 달토끼들은 직접 만든 음식과 갖가지 물건, 재료들을 늘어놓고 팔고 있었다. 나중에야 알게 된 사실이지만 보름달이 크면 클수록 달빛시장에서 파는 물품의 가짓

수도 늘어났다. 자자가 처음 달빛시장에 간 날 우연히도 보름달이 유독 크고 밝았다. 그래서인지 달빛시장 안은 축제 분위기였다. 달토끼들과 더불어 자신과 비슷한 모습의 올빼미도 보였고, 아장아장 시장을 구경하는 아기 곰과 꿀을 사려고 꼼꼼히 따져보는 나비도 보였다. 조금 더 구경하고 싶었지만 기다리고 있을 오슬로가 걱정되어 자자는 다시 포털로 걸음을 옮겼다.

추운 밤바람을 뚫고 다시 꿀잠 선물 가게로 돌아오자 그 잠 많은 오슬로가 밤늦게까지 뜬눈으로 자자를 기다리고 있었다. 자자의 발톱이 창가에 채 닿기도 전에, 소파에 앉아 있던 오슬로는 후다닥 뛰어와 자자를 감싸안고는 창문을 닫았다.

"어서 와, 자자야. 밤하늘은 어땠어?"

오슬로는 연신 자자의 날개를 쓰다듬었다.

"엄청났어요. 달 속에 시장이 있더라고요! 달토끼들도 만났어요. 나중에 꼭 같이 가요. 좋아하실 만한 것들이 엄청 많았어요!"

오랜 비행에도 지친 기색 없이 자자는 신이 나서 말했다.

"그래. 다음에 꼭 같이 가보자."

자자의 장단에 맞춰주고 싶어서 대답은 했지만 속으로는 갸우뚱하는 오슬로였다. 모처럼 잔뜩 신난 자자 앞에서 세상에 그런 시장이 어디 있느냐고 찬물을 끼얹을 수는 없었다.

한달쯤 시간이 흐르고, 재고를 확인하던 오슬로는 곧 시내에 있는 단골 가게에 가서 재료들을 준비해야겠다고 생각했다. 이를 눈치챈 자자는 오슬로에게 필요한 재료들을 적어놓기만 하라고 신신당부한 뒤, 보름달이 뜨기를 기다렸다. 아주 밝은 달이 뜨면, 그 강력하고 신비한 기운에 이끌려 또다시 달 가까이 갈 수 있을 거라는 확신이 들었기 때문이다.

며칠 뒤, 고대하던 커다란 보름달이 떠올랐다. 자자는 만반의 준비를 마치고 때를 기다렸다. 신비로운 달빛이 땅에 내릴 무렵, 먼 하늘 어딘가에 온기를 가득 품은 오로라포털이 있을 거라는 확신이 자자를 찾아왔다. 이제 정말 가야 한다고 오슬로를 부르던 자자는 실소를 내뱉었다. 그새 깊은 잠에 빠져든 오슬로를 발견한 것이다.

'으휴, 이럴 줄 알았어.'

마음이 급해진 자자는 무턱대고 오슬로의 체크무늬 잠옷에 발톱을 걸었다. 다행히 기척을 느낀 오슬로가 눈을 떴다.

"으흠, 이제 가볼까?"

졸지 않은 척 애쓰는 오슬로의 모습에 자자도 결국 미소를 지을 수밖에 없었다. 이날을 위해 단련한 발톱으로 오슬로의 잠옷을 단단히 감아 걸고 자자는 훨훨 날아올랐다. 오슬로에게 같이 가자고 호기롭게 말하기는 했지만, 내심 자신이 오슬로의 무게를 감당할 수 있을까 걱정스러웠던 자자는 깜짝 놀랐다. 달에 가까워질수록 기운이 솟으면서 오슬로의 무게도 가뿐하게 느껴졌다. 오슬로와 함께하는 길인데도 오히려 첫 비행 때보다 훨씬 빠른 속도로 오로라포털에 도착할 수 있었다.

지난번 시장보다는 작은 규모인 것 같았지만, 역시나 볼거리가 가득했다. 지나다니는 동물들은 물론 물건을 팔고 있는 달토끼를 본 오슬로는 너무 놀라 까무러칠 뻔했지만, 티를 내면 안 되겠다고 생각하며 마음을 다잡았다.

"자자 말이 정말이었네. 시내에서는 볼 수 없는 신비한 재료들이 정말 많다! 이거 사면 좋겠는데? 그리고 이것도⋯⋯"

금세 적응한 오슬로는 필요한 재료들을 사기 위해 동분서주했다.

"아니, 근데 이게 무슨 일이야. 너 언제 이렇게 커졌어?"

무심코 자자를 본 오슬로는 깜짝 놀랐다. 땅에 있을 때는 사과 네알 크기 정도인 자자의 몸집이 오슬로보다도 훨씬 더 커져 있었기 때문이다. 그 모습이 마음에 들었는지, 자자는 달빛시장에서 파는 전신거울에 자신을 이리저리 비춰보았다. 그런 자자를 바라보며 오슬로는 슬며시 웃었다.

° ° °

'세살 버릇 여든까지 간다더니, 여전히 조는 건 똑같아!'

처음으로 둘이 함께 달빛시장에 갔던 기억을 떠올리며 자자는 투덜거렸다. 망토를 두른 자자는 발톱으로 오슬로의 옷을 단단히 잡았다. 달을 향해 날아갈수록 자자의 날개는 커지고 힘도 세질 테니 오슬로를 데리고서도 가뿐히 시장에 도착할 수 있었다.

'인간이라면 도착할 때쯤에는 깨겠지, 적어도 인간이라면!'

밉지만 결코 미워할 수 없는 자신의 고용주(이자 가

족)를 보며 새침하게 부리를 비죽거리는 자자였다. 휘영청 떠올라 쏟아질 듯한 빛을 뿜는 달을 향해 날아가는 자자의 날개가 점점 더 아름답게 펼쳐졌다.

기대했던 대로 달은 정말 밝았다. 오랜만에 달 주변의 오로라까지 명확하고 아름답게 잘 보였다. 달빛과 별빛이 만들어낸 은하수에 가까워질수록 자자의 몸은 점차 크게 부풀었고, 목에 두른 망토도 멋들어지게 휘날렸다. 자신의 모습에 흡족하던 자자는 혹시 오슬로가 깼을까 싶어 발아래를 살펴보았다. 꾸벅꾸벅 졸던 오슬로가 마침내 번쩍 눈을 떴다. 손에 꼭 쥔 물품 목록은 놓치지 않은 채로. 자자의 발에 매달려 익숙한 듯 밤하늘을 둘러보던 오슬로, 그리고 망토를 두른 자자는 달 옆의 오로라포털을 통해 달빛시장으로 들어갔다.

이번 달빛시장에는 특색 있는 물건과 재료들이 많이 들어와 있었다. 오로라 속에 위치해 아는 사람만 안다는 오로라포털은 달의 일부분이라고 볼 수 있다. 달의 모양과 그날의 날씨에 따라 달빛시장의 모습도 달라지곤 했다. 쭉 뻗은 밝은 길에는 은빛처럼 투명한 달빛이 번져 있었고, 그 위에 달토끼들이 한자리씩 잡고 갖가지 물건을 팔고 있었다. 달빛시장에서 물건을 사면, 달토끼들은 손톱달 로고가 박힌 종이봉투에 담아서 건네주곤 했다.

달빛시장 방문을 앞두고 오슬로는 여러 꿀잠 아이템을 구상했다. 계획한 아이템들을 모두 만들기 위해서는 꼼꼼한 재료 준비가 필수였다.

달빛처럼 반짝반짝 빛나는 노란색 슬라임
- 불안하고 잠이 안 올 때 조물조물 만지면
  스르륵 잠이 오는 달빛 슬라임

잠들지 못하는 밤에 펼쳐봐요
- 글자가 별자리처럼 떠오르는 야광 엽서

인생이 공허해 자꾸만 어두운 곳을 찾게 되는 사람을 위해
- 도망가는 영혼을 잡아주는 입 열림 방지 마스크

무서운 존재가 자꾸 생각나서 잠들지 못하는 사람을 위해
◦ 마음까지 어두워지지는 않도록 막아주는 암막 커튼

'당분간은 재료 걱정 없이 꿀잠 아이템을 많이 만들 수 있겠다.'

생각만 해도 흐뭇해지는 오슬로였다.

"참, 꿀도 떨어졌어요."

달빛시장은 보름달이 뜨는 날, 그것도 밤에만 잠깐 열리는 시장이다. 한번 쇼핑을 마치고 가게로 돌아가면 한참 기다려야 했다. 그렇기에 필요한 물품은 놓치지 않고 사야 했다. 자자의 말을 들은 오슬로는 마지막으로 꿀잠 선물 가게의 상징인 꿀차를 위해 달빛시장표 꿀을 왕창 샀다.

오슬로는 손님들에게 더 좋은 꿀잠 아이템을 소개할 생각에 콧노래가 절로 나왔다. 시장을 감싸던 빛들이 사그라들고, 달토끼들이 하나둘 판매대를 정리하기 시작했다. 새벽안개에 보름달이 자취를 감추는 시간이 된 모양

이었다.

"이제 슬슬 내려가볼까요?"

자자가 망토를 펼치며 오슬로에게 물었다.

"사려던 것들도 다 샀으니 그만 돌아가자."

양 손 가득 손톱달 로고가 박힌 종이봉투를 든 오슬로는 몸집이 커진 조수 부엉이 자자의 발 위에 슥 올라갔다. 자자는 크게 한번 원을 돌고 점점 옅어지는 오로라포털로 날아갔다.

보름달이 뜬 날 밤, 하늘 위에서 보는 마을들은 작고 조용했다. 내려다보이는 집집마다 잠들어 있을 사람들이 모두 좋은 꿈을 꾸고 있다면 좋겠다고 생각하는 오슬로였다. 꿀잠 선물 가게에 가까워질수록 자자의 몸집이 천천히 작아졌다. 땅이 가까워지자 슬로는 끙차, 하며 뛰어내렸다. 시장이 열릴 때마다 자자의 발등에 오르면서도, 내심 자자가 힘들지는 않을까 걱정을 하던 그였다.

달빛시장에서 사 온 재료들이 꿀잠 선물 가게를 가득

채웠다. 이제 곧 이 재료들은 오슬로의 손을 거쳐 더 신비롭고 유용한 꿀잠 아이템으로 변신할 것이다. 시장에 다녀오는 길에 달빛이 묻었는지 오슬로와 자자의 몸에서도 빛이 났다. 어디선가 향긋한 냄새도 나는 것 같았다.

이제 정말 하루를 마무리할 시간이었다. 내일부터 다시 손님을 잘 받아봐야지, 오슬로는 다짐했다.

달빛 스노볼

✳

다섯번째 손님

산책로의 나무에서 지저귀던 참새 한마리가 향긋한 꿀 냄새가 퍼지는 꿀잠 선물 가게의 지붕으로 자리를 옮겼다. 창가에 서서 그 모습을 멍하니 지켜보던 오슬로는 슬그머니 소파로 가서 누웠다. 손님이 다녀간 뒤 긴장이 풀려 다시 잠이 쏟아지는 모양이었다. 그 모습을 지켜보던 조수 부엉이 자자는 혀를 차며 카운터로 폴짝 뛰어올랐다.

　'매일 저렇게 조니까 내가 할 일이 많지! 다음 달부터는 아무래도 월급을 더 올려달라고 해야겠어.'

　투덜대며 분주히 움직이던 자자도 할 일을 마치고 나른해졌을 무렵, 한 손님이 찾아왔다. 손님은 몸이 불편한 듯 천천히 걸음을 옮겼다. 편안해 보이는 검정 운동화를 신고, 짙은 초록색 니트에 도톰한 갈색 겉옷을 걸치고 있었다. 희끗희끗한 머리는 단정하게 정돈되어 있었는데, 내쉬는 숨소리가 고르지 못했다. 그러나 은은한 미소의 얼굴은 온화해 보였다. 따뜻하고 다정한 인상이었다. 할아버지는 자연스럽게 푹신한 의자 쪽으로 발걸음을 옮겼다.

"어, 어서 오세요……"

소파에 누워 있던 오슬로가 급히 일어나 인사를 건넸다.

졸고 있던 오슬로 대신 손님을 안내하고 서둘러 꿀차까지 타온 자자는 할아버지에게 방금 만든 따끈한 차를 건넸다. 의자에 앉아 가게를 둘러보던 할아버지는 꿀차를 천천히 목으로 넘겼다.

"봄이 아직 낯을 가리는지 오늘은 좀 춥네요. 이맘때면 동네 주민들이 가벼운 복장으로 산책하러 나오곤 하는데, 아직 다들 겉옷을 걸친 걸 보니 작년보다는 쌀쌀한가 봐요."

오슬로는 손님이 긴장을 풀 수 있도록 사소한 이야기들을 꺼냈다.

"정말 그렇네요. 저도 아직까지 겨울옷을 정리하지 못했어요, 허허."

말을 마친 손님은 숨을 크게 한번 쉰 후 자세를 다시 고쳐 앉았다. 아무래도 숨을 쉬는 게 편치 않은 것 같았다.

"내 평생 부엉이가 타준 꿀차는 처음 먹어보네. 달고 맛있어요. 이걸 먹고 좀 쉬고 있으면 부엉이가 제 꿈속을 들여다본다던데…… 맞습니까?"

"잘 알고 오셨네요. 저희 조수 부엉이 자자라고 해요. 손님이 잠들기 어려운 데에는 아마 여러 이유들이 있을 거예요. 저희가 그 원인을 파악해서 달콤한 잠을 주무실 수 있도록 도와드립니다. 적절한 물건도 추천해드리고요."

"좋습니다. 제 꿈속을 본다고 해도…… 해결될 수 있을지는 잘 모르겠네요. 몸 아픈 건 둘째 치고 가족들에게 미안한 마음이 크거든요…… 뭐, 이것저것 고민이 많아요."

손님의 눈꺼풀이 조금씩 감겼다. 얼마 지나지 않아 할

아버지는 깊은 잠에 빠져들었다. 할아버지가 잠들자, 곁으로 날아간 자자는 그의 머리에 자신의 머리를 살며시 기댔다. 깊은 영혼의 눈을 통해 그의 꿈속 세계로 들어갈 시간이었다.

하루를 마감하는 노을처럼 따뜻할 줄만 알았던 할아버지의 꿈속은 꽤 어두웠다. 그러나 희미한 온기가 느껴져 무섭지는 않았다. 꿈속의 뒤섞인 감정과 불면의 원인이 된 고민이 과거와 현재를 오가며 생생하게 펼쳐졌다. 망토를 두른 자자는 꿈속 더 깊은 곳을 향해 날아갔다.

과거의 한 장면이 떠올랐다. 젊은 시절의 할아버지 모습이었다. 결혼을 하고 아이들이 커가면서 할아버지는 다니던 회사를 그만두고 사업에 뛰어들었다. 가족들이 더 풍족한 생활을 누리길 바랐다. 그러나 사업은 순탄치 않았다. 믿었던 사람에게 사기를 당하기도 했고 빚은 점점 늘어만 갔다. 혼자 숨죽여 우는 그의 모습이 나타났다가 사라졌다.

어려운 시기를 벗어나 사업은 점차 성장했다. 이제 어느 정도 성공 궤도에 올랐다고 뿌듯해하기도 했다. 감내해야 할 것들도 그만큼 늘었지만 생활은 훨씬 나아졌다. 자자는 꿈속에서 손님을 지켜보면서 함께 안도의 한숨을 쉬었다. 그러나 그것도 잠시, 자자는 할아버지의 기억 속 세상에서 조금 이상한 구석을 발견했다.

어느 장면을 보더라도 늘 연기가 자욱했다. 흐린 기억 속 안개라고 생각했던 자자는 곧 연기의 실체를 알게 되었다. 바로 담배 연기였다. 그는 좀처럼 담배를 놓을 수 없었다. 보건소에 가서 약을 처방받기도 하고, 금연 패치도 붙여보고, 사탕같이 단것을 먹으며 담배 생각을 잊으려고도 해봤다. 이 모든 방법에도 담배를 끊을 수 없던 그는 결국 금연을 포기했다. 고민이 있을 때마다 담배로 마음을 달래는 그의 모습이 보였다.

그러던 어느 날, 그는 급격하게 건강이 안 좋아진 자신을 발견했다. 몇달 전에는 심하게 기침을 하다 문득 이상하다는 생각이 들었다. 얼마 걷지도 않았는데 이상하리만치 막혀오던 숨, 가슴에 뭔가 붙은 듯한 답답함…… 단순한 기침이 아니었다. 떨리는 마음을 안고 병원에 간 그는 비로소 자신의 상태를 알게 되었다.

"폐에 암세포가 퍼졌습니다. 그동안 몸도 안 좋으셨을 텐데…… 병원에 늦게 오셨어요."

폐암 판정을 받았다. 다행히 손쓰지 못할 정도의 단계는 아니었지만 이대로 두면 위험하다는 게 의사의 소견이었다. 할아버지는 지금 정말로 하고 싶은 것이 무엇인지 스스로에게 묻게 되었다. 답은 간명했다. 더 아프기 전에, 더 병들고 힘들어지기 전에, 사랑하는 가족들과 많은 시간을 보내고 싶다.

사업을 차근차근 정리했다. 악착같이 열심히 모았던 돈도 정리했다. 젊었을 때는 큰돈을 버는 것만이 유일한 목표였는데, 이제는 아무런 가치가 없어 보이는 것이 신기할 따름이었다. 그동안 쌓아왔던 것 중 그 무엇도 중요하지 않다는 생각이 들었다. 가족의 행복을 위해 일을 한다는 핑계로 그는 아이들의 졸업식과 입학식에도 한번 참석하지 못했다. 온 가족이 함께 여행을 간 적도 없었다. 묵묵히 곁에 있어주는 아내에게는 늘 고맙고 미안했지만, 그 마음을 제대로 표현하지 못했다. 사업을 위해 만나는 사람들과 많은 시간을 보냈고, 어쩌다 아무도 만나지 않고 쉬는 날에는 방에 들어가 온종일 잠만 잤다. 피곤하고 지친다는 말 한마디만 식구들에게 덩그러니 남겨둔 채 그렇게 주말을 보내곤 했다.

그는 가족들과 그리 친밀하지 못했다. 아버지를 대하는 자식들의 표정은 늘 어색했고, 그 역시 자식들의 생각이나 고민거리를 알지 못했다. 아내가 전해주는 소식을 듣는 것이 전부였다. 서운하기도 했지만 그마저도 금방 잊었다. 큰 성공을 향해 가고 있으니 그거면 충분하다고 생각했다. 어쩌면 가족들을 힘들게 한 건 돈이 아니라 자신이었을지도 모른다는 생각을 하자 흘러간 시간이 너무도 아까웠다. 미안한 마음에 아직 가족들에게 병조차 털어놓지 못한 상태였다.

자자는 이 모든 상황을 조용히 지켜봤다. 그의 고민에는 사랑과 고통이 동시에 자리했다. 할아버지의 마음이 너무도 크게 다가와 쉽게 말을 꺼낼 수 없었다. 깊은 고민을 안은 채 망토를 펼쳐 다시 꿈 밖으로 날아갔다.

"어떤 물건을 추천해주면 좋을까요?"

"음, 그러게…… 우선 푹 주무시고 일어날 때까지 기다려보자."

매일 한 몸처럼 얹고 다니는 목베개도 빼두고 깊은 생각에 빠졌던 오슬로는 진열장 앞으로 가서 한참을 서 있었다.

"잘 주무셨어요?"

오슬로가 잠에서 깬 손님을 보고 물었다.

"정말 잘 자고 일어났네요. 이렇게 스르르 잠들다니…… 요즘은 누우면 기침도 계속 나오고 가슴이 아파서 도통 잘 수가 없는데 말이죠. 어떤 꿈인지 거참 신기하네."

할아버지의 말에 자자는 손톱달 로고가 그려진 꿀항아리를 스윽 쳐다봤다. 달빛이 묻은 꿀이 반짝거렸다.

"다행이네요. 앞으로도 오늘처럼 잘 주무실 수 있도록 물건을 추천해드릴게요. 이쪽으로 오시죠."

힘겹게 몸을 일으킨 손님은 오슬로의 말에 천천히 꿀잠 아이템들이 진열된 장식장으로 걸음을 옮겼다. 오슬로는 언제 고민했느냐는 듯 확신에 찬 손놀림으로 두번째 칸의 스노볼을 꺼냈다. 따뜻한 달빛이 은은하게 감싼 듯한 스노볼 안의 풍경은 누군가의 꿈속 같기도 하고, 아주 멀리멀리 날아가고 싶은 누군가의 소망이 담긴 것 같기도 했다. 그 안에는 나무로 둘러싸인 오두막이 하나 있었는데, 지붕에는 소복하게 눈이 쌓여 있었다. 온통 하얀 눈으로 가득해 따스함마저 묻어나는 작은 세상이었다.

"이건 제가 직접 만든 달빛 스노볼입니다. 사실 판매하는 제품은 아니에요. 여기, 스노볼 속 눈이 쌓인 곳을 봐주시겠어요?"

손가락이 가리킨 곳으로 손님의 시선이 향하자, 오슬로는 스노볼을 한번 뒤집었다가 내려놓았다. 그러자 스노볼 가득 달빛이 흩어지면서 할아버지의 소중한 기억들이 재생되기 시작했다. 아내를 처음 만난 순간. 평생 서로의 미래에 함께 있자며 청혼했던 순간. 첫째 아이와 둘째 아이가 태어나 기쁨의 눈물을 흘렸던 기억. 가족들이 준비해 준 그의 생일파티 풍경. 이 모든 소중한 기억들이 천천히 스쳐 지나갔다. 스노볼을 들여다보던 할아버지는 눈시울이 점차 붉어졌다.

"지금 가족에게 필요한 건 재산도, 귀한 물건도 아닌 바로 할아버지, 자신이에요. 사랑을 표현하는 것이 할아버지의 가족에게는 무엇과도 바꿀 수 없는 최고의 선물이 될 겁니다."

스노볼의 달빛이 조금씩 사그라들었고 기억들도 끝이 났다. 할아버지는 더 묻지 않고 고개를 끄덕였다.

"잊고 지냈던 기억들이네요. 이렇게 행복했던 순간들을 보여줘서 정말 고맙습니다. 더 늦기 전에 가족들에게 마음을 표현해봐야겠어요."

할아버지는 한결 가뿐해 보였다. 그 모습을 본 자자는 울컥하는 마음이 들었다. 부엉이의 큰 눈에 가득 눈물이 고이려는 찰나, 이를 알아챈 오슬로가 가볍게 자자의 날개를 두드리고는 손님을 향해 말했다.

"혹시 제가 만든 쌍화차를 드려도 괜찮을까요? 따뜻하게 데워서 가족들이랑 같이 드셔보세요. 몸이 편안해지실 겁니다."

오슬로의 수제 쌍화차는 답답하고 쓰린 현실로 고통받아 불면에 시달리는 사람들을 위한 차였다. 따끈한 쌍화차를 한잔 마시고 잠에 들면 감기가 뚝 떨어지는 것처럼,

밤새 잠 못 이루게 하는 고민들도 털어버릴 수 있지 않을까. 오슬로 역시 할아버지의 말을 듣고 가슴이 먹먹해졌지만, 손님 앞에서 슬픈 감정을 내비치는 것은 실례라는 생각에 마음을 다잡았다.

"집에 돌아가서 가족들과 쌍화차를 마시면서 제 마음을 전달해야겠어요. 가족들에게 남기고 갈 수 있는 가장 소중한 건 제 마음속에 있다는 걸 오늘 다시 깨닫게 되었어요. 달빛 스노볼이 보여준 기억들이 제게 큰 힘이 되네요. 정말 고맙습니다, 진심으로."

오슬로와 자자는 할아버지가 더 행복해지기를 조용히 기도했다.

수제 쌍화차가 담긴 작은 상자를 들고 문을 나서는 할아버지의 뒷모습은 더없이 꽉 찬 느낌이었다. 잠시 열린 문틈으로 새어들어온 노을이 가게를 따뜻하게 물들였다. 꿀잠 선물 가게의 일은 참 값지다고 생각하며 자자는 가게 앞으로 나가 팻말을 돌렸다.

꿀잠 선물 가게 영업이 끝날 시간이었다.

걱정 인형과 걱정 처방전

＊

여섯번째 손님

오슬로와 자자가 한창 꿈나라를 헤매던 이른 아침, 정적을 깨는 힘찬 전화벨 소리가 들렸다.

"여, 여보세요? 꿀잠 선물 가게입니다."

전화벨 소리에 놀라 비몽사몽 일어난 오슬로가 전화를 받았다. 시계를 보니 아직 오전 8시였다.

"아침 일찍 전화 드려서 죄송해요. 지금 당장 꿀잠 아이템을 몇개 사고 싶어서…… 다른 사람들이 사 가기 전에 미리 예약해둘 수 있을까 해서 전화를 드렸어요."

여자의 목소리에서 다급함이 느껴졌다.

"그러시군요. 그렇지만 꿀잠 아이템은 직접 만나 꿈을 살펴본 뒤에 추천해드리는 것이 원칙이라 예약은 어려울 것 같네요. 죄송합니다."

단호한 오슬로의 말에 손님은 영업 시간에 맞춰 방문

하겠다며 서둘러 전화를 끊었다.

곁에서 엿듣던 자자가 오슬로의 어깨에 살그머니 올라왔다. 오슬로는 자자의 부드러운 깃털을 한번 쓰다듬으며 가벼운 숨을 내뱉었다.

"오늘도 쉽지 않은 고민을 가진 손님이 올 것 같네."

가게 문을 열 시간이 다가와 둘은 영업 준비를 시작했다. 자자가 가게 바깥을 쓸고 닦는 동안 오슬로는 가게 내부를 정돈했다. 밤사이 쌓인 벽난로의 재를 치우고 꿀이 충분한지 확인했다. 진열장 속 꿀잠 아이템들도 하나하나 꼼꼼하게 확인했다. 모든 준비가 끝나자 자자는 꿀잠 선물 가게 앞의 팻말을 'OPEN'으로 바꾸어 달았다. 오슬로도 나른해지는 몸을 쭉 펴고 손님 맞을 준비를 했다.

팻말을 돌려놓자마자 바로 누군가가 들어왔다. 진열장 앞에 서 있던 오슬로는 문이 열리는 소리를 듣고 곧바로 입구를 쳐다보았다.

"저…… 아까 아침 일찍 전화했는데요."

인사를 건넨 여자는 유아차 속 아기와 남편으로 보이는 남자와 함께였다.

초등학생 정도의 아이와 함께 엄마 아빠가 온 적은 있었지만 이렇게 어린 아기가 있는 가족이 함께 가게를 방문한 건 처음이었다. 오슬로는 괜스레 기분이 좋아졌다. 자자도 유아차 쪽으로 다가가 아기에게 인사를 했다.

'이렇게나 발이 작을 수 있다니!'

자자는 아기의 귀여운 발과 볼과 귀를 신기한 듯 탐색했다. 아기도 기분이 좋은지 부엉이의 깃털을 움켜쥐고 웃음을 터뜨렸다. 보송보송한 아기의 얼굴에는 불면의 고통이 깃들어 있지 않았다. 자자는 고개를 들어 부부의 얼굴을 슬쩍 보았다. 며칠은 못 자 고통스러워하는 게 확연히 보였다. 얼른 따뜻한 꿀차를 타 와서 그들의 이야기를 들어주어야겠다는 생각이 들었다.

"마법이 깃든 맛있는 꿀차를 만들어드릴 테니, 여기 편안한 의자에 앉아주세요.”

창고에서 의자 하나를 더 꺼내 온 오슬로는 아기 엄마 아빠에게 앉으라는 손짓을 보냈다. 여자는 아기를 유아차에서 꺼내 품에 살며시 안았다. 그사이 자자가 맛있는 꿀차를 만들어 의자 앞 미니 테이블에 내려놓았다. 섬세한 발톱으로 능숙하게 차를 내 온 자자의 모습에 부부는 감탄했다. 흐뭇해진 자자가 우쭐거리는 표정을 애써 잠재우는 동안 오슬로는 손님들이 춥지 않도록 벽난로에 장작을 조금 더 넣어두었다.

“아기가 정말 귀엽네요. 이름은 뭔가요?”

“유희예요, 이유희. 귀엽죠? 그나저나 일을 돕는 부엉이가 있다는 이야기는 들었는데, 직접 보니 더 신기하네요!”

아기를 안은 엄마가 한 손으로 유희의 머리를 쓰다듬으며 말했다. 아기도 엄마의 말을 알아들었는지 오슬로 어깨에 올라탄 자자 쪽으로 시선을 돌렸다.

"저희 가게의 든든한 조수이자 제 소중한 가족인 자자예요. 참, 전화까지 주신 걸 보니 저희 가게를 원래 알고 계셨던 모양이군요!"

"저희는 주로 온라인 카페에서 육아 정보를 얻거든요. 카페를 둘러보다가 꿀잠 선물 가게에 대한 이야기를 보았어요. 육아로 잠 못 이루는 사람들이 큰 도움을 받았다고 하더라고요. 저희도 요즘 조금 힘들어서…… 꿀잠 아이템이 있으면 잘 수 있다는 말에 무턱대고 전화부터 드렸지 뭐예요."

아기 아빠가 말했다. 그는 휴직을 하고 아이 돌보는 일에 전념하고 있다고 덧붙였다. 따뜻한 가게 분위기 덕분인지 엄마 품에 안긴 아기는 어느새 잠들어 있었다. 엄마와 아빠의 눈도 가물가물 감기는 것을 본 오슬로는 슬그머니 자리를 피해주었다. 이야기를 나눌 때는 잠시 숨어 있던 불면의 피로와 고통이 그들의 얼굴에 떠올랐다. 지금 이 시간만큼은 그들이 마음을 놓고 편안하게 잠을 잘 수 있기를 바라는 오슬로와 자자였다.

세 식구가 깊게 잠든 것을 본 자자는 먼저 아기 엄마의 꿈속으로 들어가보기로 했다. 머리와 머리를 맞대자 자자의 마음에 뿌연 안개가 깔리며 동시에 큰 눈이 밤하늘처럼 어두워졌다. 부엉이 눈 속의 밤하늘 위로 오로라가 은은하게 빛났다. 이윽고 망토를 쓴 자자의 영혼이 나타났다. 오슬로도 부엉이 안대를 쓰고 자신의 소파에 누웠다. 가족들이 잠 못 이루는 이유를 알아봐야 했다.

아기 엄마의 꿈은 휘청이는 세계였다. 그 속에 들어선 자자는 그저 지켜보는 것만으로도 이리저리 흔들리는 것 같았다. 아기에 대한 사랑으로 충만하면서도 피로와 걱정이 가득했다. 그녀의 세계는 균형을 잃고 비틀거리는 중이었다.

유희를 기다리며 그녀는 일을 쉬게 되었다. 유희가 태어나 세상 무엇과도 비교할 수 없는 찬란한 기쁨을 느끼는 것도 잠시, 처음 겪는 엄마로서의 삶은 서툰 것투성이였다. 점점 우울감이 차오르며 늘 속이 꽉 막힌 기분이 들었다. 가끔은 목이 막힐 때까지 차가운 탄산음료를 먹다가 죽고 싶다는 생각이 들기도 했다. 때때로 시간을 감아 과거로 돌아가고 싶은 마음도 들었지만, 지금은 세상에서 가장 사랑하는 유희가 곁에 있으니 괜찮다고, 괜찮아야 한다고 자신을 달랬다. 아기는 어렵게 잠들고 자주 깼다. 깊은 밤, 아기가 깨어나 울 때면 반사적으로 몸을 일으키면서도 몰려오는 피로를 감당하기 어려웠다. 아기와 같이 엉엉 울고 싶은 심정이 되었다. 새벽에 함께 일어나 유희를 돌보던 남편은, 계속 이렇게 지내다가는 도저히 회사를 다닐 수 없겠다며 짜증을 냈다. 그럴 때마다 그녀의 마음에는 서운함이 쌓였고, 둘은 자주 다툴 수밖에 없었다. 다툼 끝에 결국 남편은 다른 방에서 자게 되었고 밤낮없이 계속되는 육아는 그녀의 몫이 되었다. 오전에 잠시 쪽잠을 자기도 했지만, 여전히 늘 피곤하고 쉬고 싶은 마음이 간절했다.

자자는 엄마의 꿈에서 나와 아빠의 꿈속으로 들어갔
다. 여자의 꿈과는 또다른 느낌이었다. 남자의 기억 속 장
면이 떠올랐다.

"이대리, 요새 업무 태도가 영 불량하네…… 업무 시간
에 계속 졸고 말이야. 소문이 자자해. 지금 한창 피곤하고
힘들 시기라는 거 알지만 그래도 주의 좀 부탁해요."

밤마다 유희가 울어대는 통에 생활이 뒤죽박죽이 되었
다. 아내가 새벽에 일어나 아기를 달랠 때면 함께하고 싶
은 마음에 깨어나 있었다. 제대로 쉬지 못하는 날이 늘었
다. 다음 날은 어김없이 졸거나 실수를 하게 되었고 상사
에게 불려가 한 소리 듣기 일쑤였다. 성격도 점점 예민해
졌다.

아내가 다시 직장에 다니기 시작하면서 그가 휴직을
하고 유희를 돌보기로 했다. 아빠로서 최선을 다하고 싶

어 내린 결정이지만 앞으로가 무척이나 불안했다.

'회사에 제대로 복귀할 수 있을까……'

하루 종일 아기를 돌보며 그 역시 점점 지쳐갔다. 저녁 시간과 주말에는 아내가 아기를 돌보는 식으로 분담했지만, 여전히 쉽지 않았다.

"여보, 오늘은 당신이 유희 좀 돌봐주면 안 돼? 나 요즘 하루도 제대로 쉬어본 적이 없어."

또 하나의 장면이 떠올랐다. 여자가 주말에 하루 정도 쉬고 싶다고 말하는 듯했다.

"나는 평일에 내내 유희 돌보잖아. 주말은 나도 조금 쉬고 싶어."

"나도 몇 주째 계속 못 쉬고 있잖아. 요새 일이 많아서 너무 피곤해. 나도 당신 휴직하기 전에는 계속 집안일 하고 아기 돌보면서 지냈어. 당신은 주말에도 피곤하다고 매번 늦잠 자놓고…… 하루만 부탁하는 건데 그렇게 어려운 일이야?"

둘 사이에는 다툼이 반복되었다. 부부는 점차 생기를 잃었다. 결혼 후 둘이어서 행복했던 시간은 이제 떠올리기 어려웠다. 주변의 도움을 받을 수도 없었다. 여자의 부모는 돌아가신 지 오래였고, 남자의 어머니는 너무 먼 곳에 살고 있었다. 힘든 마음을 표현하면 아기에 대한 사랑에 반하는 것 같아 죄책감이 들었다. 아기는 어느덧 자라 잘 깨지도 않고 울지도 않았지만, 부부는 여전히 제대로 잠들지 못하는 때가 많았다. 최선을 다하고는 있지만 부족한 부모라는 생각이 그들을 휘감았다.

"지난 주말에는 내가 미안해. 내가 더 배려했어야 하는데…… 이번 주말에는 유희 용품들도 사고 바람도 쐴 겸 같이 외출하자."

남편이 멋쩍게 웃으며 먼저 말을 꺼냈다.

"내가 미안해. 우리 정말 좋은 부모가 되어주기로 했잖아. 귀한 우리 아기인데…… 더 노력해서 진짜로 괜찮은 엄마가 되어주고 싶어."

아내도 미안한 듯 남편의 손을 잡으며 이야기했다. 고군분투하며 의지하는 그들을 보며 자자도 부리 끝이 찡해졌다.

'부모가 된다면 저런 마음을 갖게 될 수 있겠구나.'

꿈에서 나온 자자는 혹여 그들을 깨우진 않을까 조심스레 아기와 엄마 아빠를 쳐다보았다. 세 식구는 편안한 표정으로 곤한 잠을 자고 있었다. 어느새 일어난 오슬로도 따뜻한 얼굴로 그들을 바라보고 있었다.

"각자에게 어떤 아이템을 추천해줘야 할까요?"

"한번 고민해보자."

오슬로는 달빛이 감도는 진열장 쪽으로 걸음을 옮겼다. 평소보다 조금 휑한 진열장이었지만, 그래도 이번 가족 손님에게 딱 맞는 물건을 찾아낼 수 있을 거라 오슬로는 확신했다. 세 식구는 여전히 깊은 잠에 빠져 있었다. 그들이 깨어나길 기다리던 오슬로도 다시 자신의 의자로 가 꾸벅꾸벅 졸기 시작했다. 모두가 달콤한 꿀잠에 빠져든 나른한 오후였다. 자자만이 눈을 뜬 채 손님들 곁으로 다가가 잠든 유희를 지켜보았다. 무슨 꿈을 그렇게 재미있게 꾸는지, 방긋 웃으며 입술을 오물거리고 있는 아기가 무척 사랑스러웠다.

엄마가 뒤척이기 시작하자 유희도 깨어나 울기 시작했다. 아빠도 화들짝 일어나 아이를 달랬다. 그 모습은 능숙하고 자연스러워 초보 아빠의 모습은 더이상 찾아볼 수 없었다. 자자도 급한 마음에 콕콕! 부리로 오슬로를 깨웠다. 오슬로는 허둥지둥 일어나 손님들 곁으로 다가갔다.

"저도 그만…… 잠깐 졸고 말았네요."

졸던 모습을 들켜서 민망한 듯 오슬로가 웃어 보였다.

"괜찮아요. 정말 오랜만에 아무것도 신경 쓰지 않고 푹 쉬었던 것 같아요."

남자는 아기를 달래며 오슬로에게 말했다. 자자는 그들이 마시다가 내려놓은 꿀차를 다시 데워 테이블에 올려 두었다.

"처음에는 두분께 각자 필요한 아이템을 추천해드릴
까 했는데요, 생각해보니 그것보다 더 좋은 아이템이 있
더라고요."

오슬로가 건넨 것은 걱정 인형이 담긴 상자였다. 걱정
처방전도 동봉되어 있었다. 걱정 처방전에는 자신의 개
인정보와 함께 걱정에 대해 길게 써보는 칸이 있었다. 인
형의 이름과 생일, 인형에게 하고 싶은 이야기도 적을 수
있었다. 인형은 세개가 짝이었다. 하나는 노란 별 모양,
하나는 분홍 하트 그리고 나머지 하나는 푸른 바다 빛을
지닌 물방울 모양이었다. 며칠 전 오슬로가 달빛시장에
서 사 온 양모 펠트 조각들로 손수 만든 인형들이었다.

"걱정 처방전과 함께 사용할 수 있는 걱정 인형이에요.
먼저 걱정 처방전에 글을 써보세요. 지금 어떤 마음인지,
무엇 때문에 죄책감이 심하고 어떤 것이 나의 세상을 무
너뜨리고 있는지 하나하나 되짚어보는 거죠. 그리고 소
중히 여기는 것에 대해서도 자세하게 써주세요. 솔직한

글일수록 걱정 인형의 능력이 더욱 잘 발휘된답니다. 마지막으로 잠자리에 눕기 전에 인형에게 말해주세요. 그 모든 걱정과 털어놓고, 지키고 싶은 소중한 것에 대해서도 이야기해주세요. 꼭 자기 전이어야 해요."

오슬로는 밝게 미소를 지었다. 부부는 걱정 인형에게 마음을 털어놓는 것만으로도 잠을 잘 자게 될 것이 분명했다. 아기 엄마와 아빠에게는 말하지 않았지만 그들이 진심으로 쓴 걱정 처방전은, 훗날 유희가 자랐을 때 그의 부모가 어떤 마음으로 자신을 키웠는지 다시 한번 느끼게 하는 기억 저장 장치가 될 것이다. 엄마 아빠의 사랑이 지금도 아기에게 든든한 울타리이자 밑거름이 되고 있다는 사실을 두 사람은 모르는 듯했다.

"죄책감보다는 좋은 부모가 되고 싶다는 마음으로 아기를 바라봐주세요. 그 다정한 시선이라면 충분합니다. 걱정 인형들이 유희에게도 행복을 느끼게 해줄 거예요. 너무 큰 걱정은 오히려 독이 되는 법이랍니다."

"아침에는 너무 조급한 마음으로 전화를 드렸던 것 같아요. 도대체 이 상황을 어떻게 견뎌낼까 싶었거든요. 그러다가 저희 셋 모두 그저 푹 잘 수 있다면 좋겠다는 마음이 들었어요. 사실은 저랑 남편 둘 다 처음 마주하는 상황에 불안했던 거 같아요. 이러다가 모든 게 어긋나버리면 어쩌지, 우리는 아직 시작 단계인데. 갈 길이 먼데 벌써 지쳐버린 것 같아 무서웠고요. 말씀해주신 것처럼 걱정 인형에게 고민을 털어놓고, 지금 저희에게 가장 소중한 것이 무엇인지 되짚어볼게요."

아기 엄마가 눈시울을 붉히며 말했다.

"정말 감사합니다. 여기 와서 다 같이 편안하게 자고 가는 것만으로도 마음이 충분히 평온해졌어요."

아빠도 옆에서 거들었다. 오슬로 어깨에 올라타 있던 조수 부엉이 자자도 날개를 펼치며 기쁨을 표했다.

"저희가 더 감사하죠. 꿀잠 선물 가게에 이렇게 멋진 부모를 손님으로 모실 수 있어 감사했습니다. 길이 미끄

러우니 조심히 가시고요.”

오슬로가 말을 마치자 그 마음을 알았는지 유희가 방긋 웃었다. 아기의 웃음이 보름달보다 더 밝게 빛났다.

체크무늬의 비밀

오 슬 로 와 정 이 안

감자를 얇게 썰어

밤색 빛깔이 돌 때까지 프라이팬에서 굽는다.

고소하고 진한 향이 나는 버터와 함께 볶으면서

생크림과 우유, 물을 넣고 함께 끓여준다.

브로콜리의 순을 잘라서 넣거나 파슬리를 뿌려주고

마무리로 달빛시장에서 사 온 향신료를 살짝 첨가한다.

고소한 감자수프 냄새가 꿀잠 선물 가게를 가득 채웠
다. 오늘은 보름달이 뜨는 날이자 모처럼 쉬는 날. 맛있는
음식을 만들어 먹으며 날이 저물기만을 기다렸는데, 아
쉽게도 저녁 무렵부터 짙은 안개가 몰려왔다. 구름도 잔
뜩 끼어서 달빛시장에 갈 수 있을지 확실하지 않았다. 달
빛시장에서 살 물건들을 미리 써두었던 오슬로는 어깨가

처졌다.

"다음 달빛시장은 더 크게 열릴 거니까 걱정하지 마세요! 그 대신 오늘은 충분히 쉬면서 그동안 하고 싶었던 것들 다 해보자고요!"

고소한 감자수프를 한그릇 가득 먹고도 시무룩해하는 오슬로를 보며 자자는 더 기운차게 말했다.

"그래도 다음 달에는 슈퍼문이 돌아온대요! 한해 중 가장 큰 달빛시장이 열리는 날이라고요. 그때 꿀잠 아이템 재료를 왕창 사 와요!"

슈퍼문 소식을 들은 오슬로는 그제야 얼굴이 밝아졌다. 오늘만큼은 맛있는 것들을 만들어 먹으며 푹 쉬자고 했다.

아직 하루가 저물지 않았다. 오슬로와 자자는 남은 저녁 시간을 느긋하게 즐겨보기로 했다. 오슬로는 우유와 계란을 넣은 반죽을 노릇하게 구워, 달빛시장표 슈가파우더를 솔솔 뿌렸다. 달콤한 꿀을 잔뜩 얹어서 마무리한 팬케이크는 오슬로만의 필살기였다.

"팬케이크가 진짜 촉촉하고 맛있어요!"

"팬케이크 하나만큼은 자는 일만큼 자신 있다고."

오슬로가 학생이던 시절, 그의 곁엔 늘 좋은 친구들이 많았다. 친구들 덕분에 버스 안에서도 교실에서도 오슬로는 잠이 많아도 큰 걱정 없이 지낼 수 있었다. 오슬로가 졸면 지켜보던 친구들이 하나둘 찾아와 깨워주었기 때문이다. 고맙고 소중한 친구들과도 대화하다 졸아버리기 일쑤였던 탓에 오슬로는 늘 미안한 마음이 가득했다. 그래서 학교가 끝나면 친구들을 집에 초대해 맛있는 음식을 대접하곤 했다. 그 시기에 친구들에게 자주 만들어주던 음식이 바로 팬케이크다. 빵 만드는 게 취미이던 오슬로는 정성을 기울여 팬케이크를 만들었다. 지금껏 먹어본 팬케이크 중 가장 맛있다는 친구들의 말을 들을 때면 저절로 웃음이 났다.

오슬로의 팬케이크에는 고소함과 달콤함뿐 아니라 그

리운 기억의 한조각도 함께 들어 있었다. 팬케이크를 한 입 베어 물면, 친구들과의 즐겁고 소중했던 순간들이 떠올랐다. 그 기억들이 미각을 자극해 특별히 더 맛있는 팬케이크가 완성되곤 했던 것이다.

폭신한 팬케이크를 양껏 먹고 힘이 난 오슬로와 자자는 본격적으로 청소를 시작했다. 오슬로는 바닥을 쓸고 닦으며 먼지를 털어냈고, 자자는 가게 위로 올라가 건물이 상한 곳은 없는지, 색을 다시 칠할 정도로 바랜 곳은 없는지 살폈다. 밀렸던 빨래를 해서 벽난로 곁에 널고, 잘 마르도록 장작을 더 넉넉히 넣어두고, 주방 정리와 설거지를 했다. 평소에 쉽게 하지 못했던 옥상 청소까지 끝마치자, 진열장과 창고 근처에서만 은은하게 맴돌던 달빛이 꿀잠 선물 가게 전체를 휘감았다.

어느덧 밤이었다. 달빛시장에 가지 못한 오슬로를 위로하듯, 이제 막 뜬 달은 짙은 안개 속에서 더 아름답게 빛났다.

"고생했어, 자자."

"가게도 청소했으니 이제 저희 건강을 좀 챙겨볼까
요?"

걸핏하면 꾸벅꾸벅 조는 탓에 목과 허리가 자주 뻐근
한 오슬로는 적당한 스트레칭이, 피곤하면 부리 끝이 갈
라지거나 털이 푸석해지는 자자에게는 보습크림과 가벼
운 비행이 필요했다. 오슬로는 비타민을 한알 삼키고는
손목부터 발목, 목과 허리까지 천천히 뻗으며 스트레칭
을 했다. 보습크림을 꼼꼼히 바른 자자도 만족스러운 표
정으로 발톱을 한번 세우고는 가벼운 비행을 위해 가게를
나섰다.

짙은 안개와 구름 때문에 밤하늘을 또렷히 볼 수 없는
것이 아쉬웠지만 오히려 눈이 덜 피로하다며 자자는 스스
로 위로했다. 오랜만에 동네를 한바퀴 크게 돌아보기로
했다. 어둑어둑해진 마을에는 하나둘 조명이 켜졌다. 삼
삼오오 모인 사람들이 저녁 식사 중인 음식점, 귀여운 인

형과 갖가지 재료들이 가득한 단골 소품 가게가 보였다. 개업한 지 얼마 되지 않은 미용실과 익숙한 얼굴을 만날 수 있는 주택 단지도 둘러보았다. 조용하고 평온한 동네에 다시금 애정이 샘솟았다. 다시 가게로 돌아가려던 그때 가게 방향으로 빠르게 걸어가는 한 여자가 눈에 들어왔다.

인사를 하고 싶었지만 자자의 말은 보통 사람들이 알아듣지 못했다. 자자는 여자의 곁에서 천천히 원을 그리며 날았다.

"어머, 자자구나. 안 그래도 지금 꿀잠 선물 가게로 가던 중이야! 우편함에 선물만 살짝 놓고 가려고 했는데…… 지금 가게로 놀러 가도 괜찮겠지?"

여자는 몇달 전 꿀잠 선물 가게에서 '첫눈 커튼'을 구매한 손님이었다. 짝사랑 때문에 하루 종일 끙끙 앓으며 잠을 이루지 못했던 그녀였다. 자자는 긍정의 의미로 손님의 어깨에 살포시 내려앉아 함께 꿀잠 선물 가게로 향했다.

"자자 왔어?"

오슬로는 마무리 운동을 하고 있었다. 손과 발을 탈탈 털며 목을 크게 돌려 가게 문 쪽을 바라보다가 누군가와 함께 들어온 자자를 보고 깜짝 놀랐다.

"앗, 안녕하세요. 잘 지내셨지요? 자자랑 같이 들어오셔서 조금 놀랐네요."

"보름달이 뜨는 날은 휴무인 걸 알고 있어서 선물만 놓고 가려고 했는데, 우연히 자자를 만났어요. 자자가 어깨에 앉는 걸 보고 방문해도 괜찮겠다고 생각해서……"

여자가 쑥스러운 듯 말하며 쿠키 세트를 건넸다.

"편하게 말씀 나누고 가시죠."

오슬로가 미니 테이블 앞 편안한 의자 쪽을 손짓했다. 여자는 그동안의 이야기를 꺼냈다. 자자는 손님을 위해 따뜻한 자몽차를 만들었다.

"그날 커튼을 사서 집에 돌아가자마자 방에 달아두었

어요. 몇날며칠이 지나도 그 친구를 좋아하는 마음은 쉽게 가라앉지 않았어요. 밖에는 끝없는 눈이 펑펑 내리고, 그 풍경을 제가 한없이 바라보고 있다고 계속해서 머릿속으로 그려보았죠. 조금 더 시간이 흐르자 붕 뜬 마음이 점점 진정되더라고요. 복잡한 생각이 없어지니 자연스럽게 잠이 잘 오기도 했고요. 그뒤로 몇달 동안은 저에게 조금 더 집중하는 시간을 보냈어요. 짝사랑 때문에 걱정하고 고민하던 순간들을 잊으려고 하기보다는 그저 누구나 겪을 수 있는 자연스러운 일이라고, 제 마음을 인정하게 된 것 같아요."

"아이템이 효과가 있었다니 저도 기쁘네요."

오슬로가 온화하게 웃었다.

"그리고…… 정말 중요한 이야기가 있는데요……"

뜸을 들이던 여자의 볼이 점점 발그레해지더니, 이내 처음 꿀잠 선물 가게를 방문했을 때의 열뜬 얼굴보다도 더 빨갛게 물들었다.

"잠도 잘 자게 되고 안정감을 찾을 즈음, 그 친구의 태도가 서서히 변하는 게 느껴졌어요. 어느 순간부터 친구 사이의 편안함보다는 연인 사이의 긴장감이 생겼던 것 같고…… 그런 미묘한 변화를 깨달았을 무렵 고백을 받았어요."

"정말 잘됐네요! 스스로 평온함과 안정을 찾을 때 비로소 사랑도 함께 찾아오는 법이죠. 축하드립니다."

오슬로의 어깨에 올라 여자의 말을 가만히 듣고 있던 자자도 기쁨의 날갯짓을 했다. 어디선가 설레고 기분 좋은 첫눈의 향기가 나는 듯했다.

'꿀잠 선물 가게의 조수 부엉이가 된 건 멋져! 이렇게 의미 있고 아름다운 일을 해내다니……'

손님을 배웅하며 오슬로는 사랑에 빠진 사람은 뒷모습에서도 행복이 묻어나오는 것만 같다고 생각했다. 이제 막 연애를 시작한 사람의 행복한 마음이 녹아든 걸까. 오늘따라 가게가 머금은 달빛이 더 반짝이는 것 같았다.

유독 바삐 보낸 하루를 마무리할 시간. 자자는 벽난로에 장작을 채워두었고 오슬로도 구슬램프를 켰다. 방 안에는 아늑한 장작 냄새가 퍼졌고, 구슬램프에서는 몽환적이고 신비로운 오로라 빛이 흘러나왔다.

오슬로에게는 하루를 마무리하는 그만의 습관이 있었다. 바로 옷장을 열어 쓱 훑어보기. 그의 옷장은 조금 독특했다. 짙은 갈색 원목 옷장 바로 앞에는 여러 실을 얶어 만든 발 매트가 깔려 있었고, 오슬로의 키만큼 커다란 옷장 문을 열면 왼쪽 끝부터 오른쪽 끝까지 모두 체크무늬 옷들이 가득했다. 모르는 사람이 보면 전부 다 잠옷인가 싶을 정도로 편안해 보이는 옷들이었지만 오슬로에게는 잠옷과 일상복을 나누는 명확한 기준이 있었다. 사실 몇 년간 함께 생활한 자자 역시 어떤 옷이 일상복이고 어떤 옷이 잠옷인지 잘 구별하지 못했다. 오슬로는 왼쪽 칸에는 잠옷, 오른쪽 칸에는 일상복을 걸어두었는데, 모두 부드러운 재질의 체크무늬 옷이었다. 편안하고 따뜻해 보

이기는 했지만 자자는 늘 궁금했다. 어쩌다 체크무늬 옷들만 모으게 된 것인지, 넌지시 물어보아도 오슬로는 그저 미소만 지을 뿐이었다.

"도대체 왜 옷이 죄다 체크무늬예요? 이제는 얘기해주실 때도 되었잖아요."

오슬로가 잠옷을 고르는 모습을 본 자자는 이때다 싶어 슬쩍 다가가 물었다.

"그래. 이제 슬슬 자자에게도 이야기를 해줘야겠네."

○○○

4년 전, 오슬로가 고민이 많던 시기였다. 무엇을 해야 삶을 행복하고 편안하게 이끌 수 있을까, 생각하며 동네를 거닐던 오슬로는 우연히 한 카페에 들어갔다. 카페 앞잘 가꿔둔 화단에 이끌린 것일지도 몰랐다. 카페는 크지 않지만 아늑하고 따뜻했다. 그곳에서 오슬로는 환한 미소가 잘 어울리는 사람을 만났다. 주문을 받는 그녀의 모습을 마주한 순간, 오슬로의 마음은 강한 파도에 휘말린 듯 요동쳤다.

"주문 도와드리겠습니다."

"아…… 안녕하세요. 따뜻한 유자차 한잔 부탁드리겠습니다."

처음 느껴보는 감정에 당황한 오슬로는 가까스로 대답했다. 그녀는 빙긋 웃으며 음료는 자리로 가져다주겠다고 말했다.

자리에 앉은 오슬로는 챙겨 온 노트를 꺼냈다. 날씨가 좋은 날, 우연히 마주한 카페에 들어가 떠오르는 생각들을 적거나 그림을 그리는 일은 오슬로가 스스로 마음을 돌보는 방법 중 하나였다. 계획대로라면 화단에 이끌려 들어온 이 카페에서 앞으로 어떤 일을 하면 행복할 수 있을지 고민해야 했다. 그런데 평소와 다르게 심장이 쿵쿵거리고 손이 떨려서 펜이 마음처럼 움직이지 않았다. 분명 카페에 도착하기 전까지는 달콤한 잠이 조금씩 밀려왔던 것 같은데, 카페에 도착해 그녀를 마주한 순간 정신이 번쩍 들면서 잠이 싹 달아났다.

'이렇게 순식간에 잠이 사라질 때도 있다니……'

"여기 유자차 드릴게요. 맛있게 드세요."

오슬로는 그녀에게 꼭 말을 걸어보고 싶었다. 그대로 카페를 떠나면 후회를 할 것 같다는 확신이 강하게 들었기 때문이다.

"저…… 저는 여기 옆 동네에 살아요."

다짜고짜 자신이 사는 동네를 말한 오슬로였다.

'이 바보! 이름도 얘기 안 하고 사는 곳부터 말해버리다니!'

오슬로는 스스로에게 화가 났다.

"아, 네. 맛있게 드세요."

그런 그의 마음을 아는지 모르는지 그녀는 슬로를 향해 싱긋 웃어주었다. 왜인지 알 수도 없고 설명할 수도 없었지만 지금 이 순간이 인생을 통틀어 가장 중요한 순간이라는 직감이 들었던 오슬로는 이 기회를 그대로 흘려보내선 안 되겠다고 생각했다. 유자차를 천천히 마시며 떨리는 마음을 다잡았다.

"아까 이야기를 제대로 못 드린 것 같아서요. 유자차 정말 맛있게 잘 먹었습니다. 제 이름은 오슬로입니다. 여기 옆 동네에 살고요."

오슬로는 일생일대의 용기를 냈다. 떨리는 목소리로 마음을 전하던 순간에는 얼굴이 달아오르다 못해 타버리는 느낌이었다. 그의 말을 들은 그녀는 처음엔 놀란 얼굴이었지만 이내 미소를 지어 보였다. 그의 진심이 잘 전달된 것이 분명했다.

"제 이름은 이안이에요, 정이안. 슬로씨는 체크무늬 셔츠가 참 잘 어울리시네요."

정이안과의 인연은 그렇게 시작되었다.

오슬로는 그토록 좋아하던 잠도 줄여가며 매일매일 카

페에 들렀다. 날이 갈수록 풍성하게 피어나는 화단의 꽃들, 방문할 때마다 달라지는 가게의 작은 소품들, 눈여겨보아야 발견할 수 있는 세밀한 인테리어 요소들은 그녀가 얼마나 부지런한 사람인지 그리고 얼마나 자신의 일을 좋아하는지 보여주었다. 남들은 몰라도 손재주가 좋고 꼼꼼한 오슬로에게는 다 보였다. 이안에 대한 오슬로의 마음은 날이 갈수록 깊어졌다.

"유자에이드 한잔 부탁드려요."

"오늘은 유자차 따뜻하게 마시려고요."

늘 꾸밈없고 잔잔한 오슬로의 모습에 점점 정이안도 마음을 열게 되었다.

"오늘도 유자차 준비해드리면 되지요? 날씨가 쌀쌀하니 따뜻하게 드릴게요."

오슬로가 들어오면 유자청이 든 병부터 챙기는 그녀였다.

그런데 언젠가부터 오슬로의 방문이 점차 불규칙해지고 뜸해지더니 아예 한동안 발길이 끊어졌다. 정이안은 오슬로가 신경 쓰였다. 쑥스러워하면서도 말을 걸며 친해지려 노력하는 그의 순수한 모습이 보고 싶었다.

그 시기 오슬로는 꿀잠 선물 가게를 열기 위한 준비를 하고 있었다. 잘할 수 있는 일을 제대로 하고 싶었다. 그러기 위해서는 준비가 필요했다. 돈을 모으기 위해 여러 아르바이트를 전전하며 눈코 뜰 새 없이 바쁘게 일하는 중에도 꿀잠 선물 가게를 위한 물건들을 만들었다. 목표가 있으니 잠이 부족하고 피곤해도 힘이 났다. 고될수록 머릿속 꿀잠 선물 가게는 더욱 선명해졌고, 그럴수록 일에 더 집중하게 되었다. 물론 오슬로 역시 정이안이 보고 싶었지만, 틈이 나지 않았다. 멋진 가게를 열어 그녀에게 보여주고 싶은 마음도 있었다. 오슬로는 바쁜 하루하루를 보냈고, 주말에는 쓰러져 잠들기 일쑤였다. 주말 내내 깨어나지 못하기도 했다. 그러던 중 단 하루, 일을 쉬게 된 날이었다. 슬로는 오늘만큼은 꼭 이안의 카페에 가기로 마음먹었다.

'그동안 카페에 갈 수 없었던 이유를 말해야지. 그런데…… 날 신경 쓰기는 했을까?'

걱정스러운 마음을 뒤로하고 슬로는 이안이 잘 어울린다고 한 체크무늬 셔츠를 챙겨 입었다.

"오랜만에 오셨네요."

이제 막 문을 연 카페에 들어선 오슬로를 마주한 정이안의 얼굴이 환했다.

"그동안 제가 조금 바빴어요."

둘은 처음으로 함께 차를 마셨다. 그동안의 이야기들을 풀어놓으며 오슬로의 마음은 전과 비교할 수 없는 행복으로 가득 찼다. 앞으로도 계속 이렇게 이야기를 나누고 싶었지만, 이런 마음을 전부 말할 수 없었기에 그저 웃어 보일 뿐이었다.

"그동안 카페에 안 오셔서 잘 지내시는지 궁금했어요."

매일같이 찾아오던 오슬로의 발길이 끊기자, 정이안은 어느 순간부터 그를 기다리게 되었다. 다시 볼 수 없을지도 모르겠다고 아쉬워하던 차에 거짓말처럼 문을 열고 들어선 오슬로를 보자 이안은 그가 반갑기도, 또 괜히 서운하기도 한 이상한 감정에 휩싸였다.

"제가 사실 가게를 준비하고 있거든요. 정신없이 일만 하다보니 시간이 많이 흘러버렸습니다."

"어떤 가게예요?"

"사람들에게 달콤한 잠을 선물해주는 가게를 열고 싶어요. 저는 어릴 때부터 잠을 자는 일이 정말 행복했거든요. 제일 좋아하고 잘하는 일이 잠이라고 말할 수 있을 만큼요. 그런데 생각보다 많은 사람들이 잠을 못 이룰 때가 많다는 것을 알고 안타까운 마음이 들었어요. 저에게도 불면의 고통을 피할 수 없는 날이 오기는 하더라고요. 잠들 수 없다는 게 얼마나 괴로운지 알게 되었고요. 그래서 잠에 들지 못하는 사람들의 마음을 위로할 수 있는 가게를 만들자고 다짐했죠. 지금은 가게를 열기 위해 열심히 준비를 하고 있어요. 그러느라 너무 바빠져서 차 한잔 마시러 올 틈도 없었네요."

오슬로는 그동안의 이야기와 고민들을 털어놓았다. 시간을 내기 어렵기도 했지만 가게를 어떻게 이끌어가면 좋을지 생각하느라 마음에 여유가 없기도 했다. 가게를 방문하는 사람들이 편히 쉴 수 있는 공간을 만들고 싶다는 소망이야 늘 가득했지만, 그 열정만으로는 부족했다.

"사람들에게 잠을 선물해주는 가게라니, 근사하네요. 제가 공간을 꾸미거나 사업체 운영 계획을 세우는 일에는 자신이 있는데…… 괜찮으시면 좀 도와드리고 싶어요."

"이곳에 들를 때면 아무리 피곤하고 힘들어도 마음이 편안해지거든요. 제가 도움받을 일이 많을 것 같아요. 이번 주말에 시간 어떠세요? 같이 저녁 먹으면서 좀더 이야기할 수 있을까요?"

오슬로는 다시 한번 용기를 냈다.

"주말에는 평소보다 일찍 일을 마치거든요. 같이 맛있는 저녁 먹어요."

오슬로의 떨리는 마음을 느꼈는지 평소보다 더 밝게 웃으며 대답하는 그녀였다.

오슬로는 금요일 저녁 퇴근한 뒤로 토요일 점심때까지 내리 잤다. 고대하던 저녁 약속을 앞두고 이안 앞에서 졸면 안 된다는 생각에 아무 일도 하지 않고 계속 부족한 잠을 채웠던 것이다. 시간에 맞춰 못 일어날까봐 알람을 1분 단위로 열개나 맞춰두었다. 걱정이 무색하게도 오슬로는 첫번째 알람이 울리기도 전에 눈을 번쩍 떴다. 잠을 포기할 수 있을 정도로 이안과의 식사 자리가 기대됐다.

외출 준비를 하는 오슬로의 옷장에는 각자 다른 스타일의 체크무늬 옷들이 가득했다. 잘 어울린다는 칭찬을 들은 뒤로 틈이 날 때마다 사 모은 것이다. 쌀쌀해진 날씨에 맞게 검정색과 회색이 섞인 도톰한 체크무늬 겉옷을 챙겼다.

"제가 좀 늦었죠. 오늘따라 손님이 많아서 마감이 늦어졌어요."

약속 장소까지 뛰어온 듯 머리가 조금 헝클어진 정이안이 오슬로 앞에 나타났다. 약속 시간 한시간 전부터 기다리던 오슬로는 반쯤 졸고 있었지만 그녀를 본 순간 나른했던 몸에 생기가 도는 게 느껴졌다.

"저도 조금 전에 도착했어요."

"제가 늦었으니 저녁을 살게요. 다음에 슬로씨가 더 맛있는 거 사주세요."

저녁 식사 자리에서 오슬로는 정이안이 지금 머무는 작은 동네에서 벗어나 대도시로 나갈 계획이 있다는 것을 알게 되었다. 이안에게는 더 큰 곳으로 나아가 지금의 카페를 확장하려는 목표가 있었다. 사업의 규모를 키워서 성공시키겠다는 정이안을 보며 오슬로는 또 한번 반하고 말았다.

"정말 멋져요. 이안씨에게 배울 점이 많아요."

"사람들에게 달콤한 잠을 선물하고 싶다는 다정한 마음이 더 멋있죠. 저는 사실 잠이 없기도 하고 해야 할 일이 있으면 잠을 줄이기도 하거든요. 저라면 절대 생각할 수 없었을 가게예요. 그래서 더 궁금하기도 하고요."

꿀잠 선물 가게를 어떻게 꾸리면 좋을지, 두 사람은 많은 이야기를 나누었다. 공간 디자인이나 설계부터 불면을 겪는 사람들의 보편적인 심리에 대해서도 함께 고민했다.

슬로는 이안과 이야기하는 것이 재미있었다. 시원시원하고 추진력 있는 이안 덕분에 시야가 넓어지는 것 같았다. 정이안 역시 오슬로와 대화하는 것이 즐거웠다. 차분하고 신중한 오슬로의 말투는 신뢰를 주었다. 그의 꼼꼼하고 아기자기한 성격은 부럽기도 하고 신기하기도 했다.

오슬로와 정이안은 꾸준히 만났다. 평일에는 주로 이안의 카페에서 이야기를 나누었고 주말이면 특별한 식당을 찾기도 했다.

"전에 선물해주신 머그잔에 혹시 마법을 부린 건 아니죠? 카페 마감하고 집에 가서 일을 좀더 하려고 했는데…… 그 잔에 차를 한잔 마시니 잠이 솔솔 와서 그대로 잠들었지 뭐예요."

손톱달이 그려진 머그잔은 평소 오슬로가 지인들에게 직접 만들어 선물하는 물건이었다. 선물을 받는 사람이 잘 잘 수 있기를 바라는 마음을 담아 만들어서 그런지, 덕분에 잘 잤다고 하는 사람들이 꽤 많았다. 이번에도 그 마음이 마법처럼 가닿은 모양이었다.

"요즘 많이 바쁘고 힘드시죠? 카페에도 사람이 더 많아지는 것 같던데……"

오슬로의 말대로 카페는 날이 갈수록 인기가 많아졌다. 동네 주민들의 아늑한 공간이었던 이안의 카페는 맛있고 예쁜 카페라는 소문이 퍼지며 멀리서 찾아오는 사람도 많아졌다. 특히 무화과푸딩과 마들렌은 만들어두기가 무섭게 팔려나갔다. 오슬로는 전에 이안이 했던 말을 다시 떠올렸다.

"대도시로 나가서 사업을 좀더 키워보고 싶어요. 멋지 잖아요!"

꿈에 부푼 얼굴로 말하던 이안의 모습이 아른거렸다.

"최근에 손님이 정말 많아졌어요. 직원도 두명이나 더 고용했고요. 힘은 들지만 기분은 좋더라고요."

피곤한 얼굴 위로 밝은 표정을 지어 보이는 이안이었 다. 오슬로는 기쁜 동시에 무겁고 쓸쓸한 마음이 들었다. 그녀의 꿈을 응원하면서도 이안이 떠나버릴까 불안했다. 도시로 가서 더 큰 규모의 사업을 하게 되면 지금처럼 이 안을 자주 만나는 일은 어려울 것이다.

오슬로는 꿀잠 선물 가게 개업 준비로, 이안은 카페 일 로 각자 바쁜 일상을 보내면서도 그들은 시간을 내어 만 남을 이어갔다. 이안의 카페에 들르면 직원들이 슬로를 먼저 알아보고 인사할 정도였다. 이안은 중간중간 꿀잠 선물 가게에 조언을 더했다.

어느덧 꿀잠 선물 가게도 개업을 앞두게 되었다. 오슬로는 앞으로도 계속 이안과 함께이고 싶었다. 너무 늦지 않게 이 마음을 표현해야겠다고 생각할 즈음, 이안이 먼저 연락을 해 왔다.

"저희 이번 주말에 근사한 식당에 가볼까요? 슬로씨에게 하고 싶은 말도 있고요."

"너무 좋죠. 개업 준비도 많이 도와주셨으니 이번에는 제가 맛있는 저녁 사드릴게요."

'내가 이렇게 체크무늬를 좋아했었나?'

기다리던 데이트 날, 나갈 채비를 하며 옷장을 연 오슬로는 피식 웃고 말았다. 옷장에 체크무늬 옷들이 가득했기 때문이다. 좋아하는 사람의 말 한마디에 이럴 수도 있구나 싶었다. 브라운과 베이지가 섞인 체크무늬 카디건과 옅은 청바지를 골라 입고 이안을 만나러 나섰다.

"할 말이 있어요."

일상적인 이야기를 나누며 접시를 하나둘 비웠을 때, 그녀가 먼저 운을 뗐다. 이안은 긴장한 얼굴로 물을 한모금 마시고는 희미하게 웃었다.

"제가 곧 카페를 정리하고 이사를 갈 것 같아요. 전에 이야기하기도 했지만, 저는 더 큰 도시에서 카페를 운영해보고 싶거든요. 슬로씨에게 제 계획에 대해 이야기할 때는 한참 시간이 흘러야 가능할 일이라고 생각했는데, 부쩍 손님이 늘어 생각보다 빠르게 준비를 마치게 되었어요."

이안은 단어를 고르듯 천천히 말을 이어갔다.

"제가 만드는 무화과 디저트들을 종류별로 상품화하고 싶다는 제안을 받았어요. 좋은 제안이라서 잠깐 고민하기도 했는데, 저희 카페의 대표 상품인 만큼 직접 더 발전시켜보기로 했어요. 큰 기업에서 제안할 정도의 상품성이 있다는 확신도 들었고요. 이제는 큰 도시로 나가서 도전을 해보려고 해요."

이안에게서 빛이 뿜어져나오는 것만 같았다. 스스로의 힘을 아는 사람만이 지닐 수 있는 빛이었다.

"저도 이안씨의 카페를 보며 신기했어요. 특별할 것 없는 작은 동네까지 디저트 하나만을 위해 찾아오는 사람들이 많은 걸 보며 이안씨의 능력에 감탄했고요. 이안씨는 분명 잘 해낼 수 있으실 거예요. 앞으로도 응원할게요."

오슬로는 진심으로 기뻤다. 멋진 꿈을 꾸는 이안에게 힘을 실어 주고 싶었다. 그러나 아직 겪지도 않은 그리움부터 밀려왔다. 이안이 더 바빠지고 서로의 거리도 멀어진다면 지금처럼 자주 보기는 어려울 것이다.

"슬로씨가 제게는 큰 힘이었어요. 마감하며 카페를 둘러보는데 슬로씨가 매번 앉는 자리가 눈에 들어왔어요. 함께 나누었던 이야기들도 떠올랐고요. 슬로씨와 이야기를 나누다보면 마음이 편안해져요. 저는 불안하고 걱정이 많은 사람인데 슬로씨에게 이야기하면 파도치던 마음이 잔잔해져요. 슬로씨를 계속 보고 싶어요. 새 카페를 시작하면 자주 못 볼 것 같아서…… 같이 가면 좋겠다는 생각이 들었어요. 슬로씨와 함께 가고 싶어요."

"저 이안씨를 많이 좋아해요. 평범한 날 문득 옆을 돌아봤을 때 이안씨가 있으면 좋겠다고 생각했어요. 욕심이지만 제 미래에 이안씨가 있다면 좋겠어요. 그렇지만……"

정이안을 처음 만난 순간부터 시작된 마음은 지금까지 계속 깊어져왔다. 앞으로도 그녀의 곁에서 힘이 되어주고 싶었다. 그렇지만 꿀잠 선물 가게를 포기하는 일도, 평생 살던 동네를 떠나는 일도 용기가 나지 않았다.

"마음을 확인한 것만으로 충분해요."

정이안은 오슬로의 마음을 이해했다는 듯 웃으며 말했다. 애써 괜찮은 표정을 짓는 이안의 눈빛이 미세하게 흔들렸다.

"꿀잠 선물 가게를 열어 제가 평생 살아온 동네의 이웃들을 만나 이야기를 듣고 고민을 덜어주는 것이 제 꿈이에요. 그 꿈만큼이나 이안씨는 제게 소중해요. 그래서 마음이 아픕니다. 이제 자주 볼 수는 없겠지만, 나중에 꿀잠 선물 가게에 꼭 놀러와주세요. 이안씨에게도 꼭 맞는 선물을 드릴 수 있도록 준비해둘게요."

오슬로의 눈시울이 붉어졌다. 서로의 마음을 확인한 날이 곧 멀어질 미래를 예감하는 날이라니. 그렇게 그들의 마지막 식사 자리가 끝이 났다. 이안은 얼마 지나지 않아 카페를 정리했다. 텅 빈 가게에 찾아가 화분의 위치, 자주 앉던 자리, 이안이 유자청을 꺼내던 찬장까지 하나하나 떠올리고 돌아온 오슬로는 잠을 이룰 수 없었다. 당시 아주 작은 아기 부엉이였던 자자는 점점 표정이 어두워지고 말라가는 오슬로를 보며 혀를 찼다. 하나뿐인 가족이 힘들어하는 모습이 안타까웠다.

자자는 슬로의 기운을 북돋아주려고 잔소리를 하기도 하고 일부러 더 씩씩한 목소리로 말을 걸었다. 그리고 밤마다 그의 곁을 지켰다. 뜬눈으로 밤을 보내는 오슬로의 침대 곁에 걸터앉아 새벽 내내 재미있는 이야기를 해달라고 조르기도 했다. 자신이 얼마나 빠르게 날 수 있는지 자랑하기도 했다. 힘이 되어주는 자자 덕분에 오슬로는 점차 기력을 회복했다.

이안이 떠난 뒤 오슬로는 연락을 이어가기 위해 노력했다. 그러나 아주 가끔 짧은 답장만이 돌아왔을 뿐이었다. 얼마 지나지 않아 오슬로도 꿀잠 선물 가게의 문을 열었다. 매일같이 꿀잠 아이템을 준비하고 사람들을 만나서 이야기를 나누다보니 어느덧 몇달이 흘렀다.

그렇게 이안과의 연락은 완전히 끊어졌다. 살다보면 겪을 수밖에 없는 일이라고 애써 스스로를 위로하는 오슬로였다. 다만 그의 옷장은 여전히 체크무늬들로 가득 채워져 있었다. 미련이 남은 것은 아니었다. 그저 알아챌 새도 없이 스며든 그녀와의 추억이 일상을 자연스럽게 메우고 있었을 뿐이다.

그렇게 시간이 흘러 몇년 후, 오슬로는 이안의 소식을

들었다. 하루가 끝나 산책 겸 느긋하게 걸어가고 있던 도중, 사람들이 하는 이야기를 우연히 듣게 된 것이다.

"여기서 무화과푸딩으로 유명했던 카페, 기억하지?"

"그럼, 알지. 잘돼서 도시로 간 것까지는 들었는데."

"이전한 곳에서도 엄청 잘된 모양이야. 디저트가 인기가 더 많아져서 아주 크게 가게를 확장했다더라고."

오슬로는 동네 주민들이 나누는 이야기에 가만히 귀를 기울이고 있다가 그제야 한숨을 돌렸다. 안 좋은 소식이라면 차라리 듣고 싶지 않았는데 다행이었다.

'멋진 사람이니 잘 해낼 줄 알았어.'

이안을 그리워한 만큼 그녀를 염려하는 마음도 커진 그였다. 한결 마음이 편안해졌다.

정이안의 소식을 들은 이후로 오슬로는 더욱 공을 들여 꿈잠 선물 가게를 운영했다. 이안을 다시 만날 수 있을지 확신할 수는 없지만 자신도 이안처럼 멋진 사람이 되고 싶다고 생각했다. 다시 만날 인연인지는 몰라도 언젠가 그녀를 만나게 된다면 성장한 모습을 보여주고 싶었다.

○○○

길고 긴 이야기를 마친 슬로가 자자를 바라보았다. 자
자는 오슬로의 머리에 자신의 머리를 갖다 대었다. 자자
만의 위로 방식이자 애정 표현이었다.

"말해줘서 고마워요."

오슬로는 자자의 부리를 장난스럽게 톡 건드렸다. 달
빛시장에 가지는 못한 날이지만, 자자는 오슬로의 소중
한 이야기를 들을 수 있어 좋았다고 생각했다.

소곤소곤 귀마개

"어제 먹은 달빛베이글이 아른거려. 크림치즈도 정말 고소했는데"

"달빛우유도 어제는 더 달콤하게 느껴졌어요. 앞으로는 시장에 갈 때마다 남아 있는 거 다 사 올 거예요! 매번 금방 품절되는 게 문제지만……"

유독 크고 빛나는 슈퍼문이 뜬 지난밤, 슬로와 자자는 달빛시장에서 꽤 오랜 시간을 보냈다. 슈퍼문 덕분인지 이번 달빛시장은 조금 더 특별했다. 달토끼들은 슈퍼문 한정 메뉴들을 준비했다. 오슬로와 자자는 신이 나 달빛 시장표 음식들을 마음껏 즐겼다. 꿀잠 아이템을 만들 재료도 잔뜩 사 왔다. 구상 중인 아이템을 위한 재료 보관함을 채우자 꿀잠 선물 가게는 더욱 환한 달빛으로 빛났다.

"목은 좀 괜찮아?"

오슬로가 걱정이 담긴 목소리로 말했다. 지난밤에는 별똥별이 왕창 쏟아졌다. 별빛이 너무 밝아 오로라포털이 잘 보이지 않았다. 오로라포털을 찾아 크게 하늘을 돌던 자자의 곁으로 큰 별똥별이 떨어졌다. 놀란 자자는 급히 피하다가 목을 살짝 삐끗하고 말았다. 달빛시장에서는 들뜬 마음에 아픈 줄도 몰랐지만, 달에서 내려와 덩치까지 작아지고 나니 꽤 욱신거렸다.

"어제보다는 좀 나아졌어요."

자자가 작게 한숨을 쉬며 말했다.

'원숭이도 나무에서 떨어질 때가 있다더니…… 하필 슈퍼문이 뜰 때 다칠 게 뭐람.'

부엉이로서 자존심이 상한 자자였다.

"무리하지 말고 쉬엄쉬엄 보내. 오전 손님은 내가 혼자 받아볼게!"

"일하는 데는 아무 문제 없어요. 꿈속을 안 보고 상담만 하면 불면이 제대로 해결이 안 되어서 다시 찾아오는 손님이 많잖아요."

자자는 냉정하게 말하면서도 오슬로가 상처받지는 않을까 슬쩍 쳐다봤다. 오슬로는 전혀 타격받지 않았다. 그저 자자를 쉬게 해주고 싶은 마음일 뿐이었다. 최근 손님이 많이 늘어나 제때 쉬지 못하고 끊임없이 꿈속 세상을 오가며 고민을 해결한 조수 부엉이었다. 오슬로는 틈틈이 졸기도 하고 슬쩍 소파로 가서 누워 있을 때도 많았지만, 자자는 영업 중에는 쉬지 않았다. 야행성인 부엉이는 보통 낮이 아닌 밤에 활동하지만, 자자는 어느새 낮에 활동하고 밤에 자는 부엉이로 변해 있었다. 영업 중에 졸면 안 된다는 그의 책임감 때문이었다. 오슬로는 그런 자자가 대견하기도 하고 고맙기도 했다.

"괜찮아. 달빛시장까지 왔다 갔다 하느라 깃털이랑 부리도 좀 상한 것 같아. 보습크림 듬뿍 바르고 좀 쉬는 게 좋겠어."

"정 그렇게 말씀하시면, 알겠어요. 대신 오후에는 꼭

나올게요!"

침실로 들어가는 자자의 뒷모습을 바라보던 오슬로는
꿀잠 선물 가게 앞으로 나가 팻말에 크게 적었다.

오후 정상 영업,
오전에는 상담만 합니다
웰컴티는 유자차

아무래도 오전에는 한가로우려나, 생각하던 차에 방울
소리와 함께 손님이 등장했다.

"어서 오세요, 꿀잠 선물 가게입니다."

오슬로가 활기차게 손님을 맞이했다.

훤칠한 키에 깔끔하게 뒤로 넘긴 머리, 부드러워 보이
는 갈색 니트에 단정한 검정 코트를 입은 삼십대 중반으
로 보이는 남자 손님이었다. 남자는 인사를 하는 오슬로
를 향해 별다른 대답 없이 고개만 살짝 끄덕였다.

"안녕하세요. 오늘은 조수 부엉이 자자가 쉬는 날입니다. 저와 유자차를 마시면서 이야기 나누시죠. 양해 부탁드립니다."

"조수가 아프면 휴가를 내셔야 하는 건 아닌가요? 부엉이 없이 정상적으로 영업할 수는 있나……"

손님은 꿀잠 선물 가게의 영업 방식을 미리 알고 온 모양이었다. 유자차를 젓던 오슬로는 손님의 말투에 적잖이 당황했지만 다시 살갑게 손님에게 말을 붙였다.

"사정이 좀 있어서요. 더 세심히 물건을 골라드릴게요. 그래도 조금 불편하시다면……"

"됐습니다. 어차피 저도 일찍 다시 병원에 들어가봐야 해서요. 유자차 주세요. 어디에 앉으면 됩니까?"

말을 뚝 끊더니 자신의 말만 하는 남자였다. 오슬로는 미소를 잃지 않은 얼굴로 손님용 의자를 가리켰다.

"이해해주셔서 감사합니다. 특별한 유자차입니다. 아주 따끈하고 맛있을 겁니다. 병원으로 일을 하러 가시는 건가요?"

시종일관 예민해 보였던 남자도 향긋한 냄새에 이끌렸는지 유자차를 마시기 시작했다.

"제가 의사거든요. 마침 오가는 길에 이곳이 보여서 들어오게 되었어요."

"혹시 잠 못 이룰 고민이 있으신가요?"

손님을 앞에 두고 있었지만 유독 따사롭게 들어오는 햇살에 오슬로의 눈꺼풀은 점점 내려앉았다. 손님 몰래 왼손의 엄지와 검지를 4초에 한번 정도 규칙적으로 부딪쳐보았지만 큰 소용이 없는 듯했다.

"요즘……"

고민을 털어놓으려던 남자는 흠칫했다. 잠깐 사이에 오슬로가 잠들어 있었기 때문이다.

'아니, 손님을 앞에 두고…… 바쁜 사람 붙잡아두고 이렇게 장사해도 되는 거야?'

그는 당황스럽고 짜증이 났지만 들고 있던 유자차가

무척 달콤하니 마저 다 마시고 나가야겠다고 생각했다. 도통 일어날 기미가 보이지 않는 오슬로를 바라보기를 몇 분째. 몸이 따뜻해지면서 나른해진 남자는 자신도 모르게 스르르 잠들고 말았다.

'이게 무슨 일이람!'

영업 시간에 혼자만 쉬는 게 영 불편했던 자자는 오슬로가 잘하고 있는지 살펴보기 위해 잠시 나왔다가 손님과 주인 둘 다 자고 있는 기가 막히고 부리가 막히는 상황을 목격했다.

"어휴! 내가 못 살아."

시간이 흐를수록 점점 더 느긋하고 잠이 많아지는 오슬로 때문에 속이 터지는 자자였다. 조용히 다가가 오슬로를 부리로 콕콕 쪼았다.

"으악! 그새 잠들었나보네."

멋쩍게 웃으며 오슬로가 말했다.

"이렇게 된 거, 제가 손님의 꿈속에 가볼게요. 깊이 잠든 것 같으니……"

말을 마친 자자는 코까지 골며 깊이 잠든 손님의 곁으로 날아가 머리를 맞대었다.

그의 꿈에는 회색빛이 감돌았다. 불면에 시달리는 손님들 대부분이 그리 밝지 않은 꿈의 색을 가졌는데, 이번 손님도 역시 마찬가지였다.

'어떤 사연이 있으려나……'

망토를 뒤집어쓴 자자는 꿈속 한구석에 몸을 숨기고 조용히 지켜보았다.

그는 치과의사였다. 대형 치과에서 꽤 오랜 기간 일했다. 벌이가 나쁘지 않았지만, 계속해서 월급이나 받으며 일할 생각은 없었다. 보란 듯이 자신의 이름을 건 개인병원을 차리고 싶었다. 타인에게 보이는 모습을 무엇보다 중요하게 여기는 듯했다. 남자의 치과대학 동기들 중에는 벌써 개인병원을 차린 친구도 있었고, 국내 유명 병원에서 아주 높은 연봉을 받으며 일하는 친구도 있었다. 남자는 자존심이 상했다.

'내가 못한 게 뭐야. 의사 면허도 제일 빠르게 땄는데……'

타인과 비교하는 마음이 남자의 가슴 한쪽에 깊게 자리하고 있었다. 개인병원을 자랑하거나 은근히 연봉 이야기를 꺼내는 친구들의 코를 한껏 눌러놓고 싶었다.

"제가 병원을 하나 차리려고 하는데요. 치과요. 좀 크게 하고 싶어서요."

무작정 대도시 인근 부동산부터 찾아가 말하는 남자의 모습이 보였다. 그러나 공인중개사는 그 돈으로는 이 근방에서 병원을 차리는 건 어림도 없다며 절레절레 고개를 저었다. 차라리 근교로 알아보는 것은 어떻겠냐며 다른 지역을 추천했다. 그는 고민도 하지 않고 추천받은 지역의 부동산으로 갔다. 사실 남자는 그 지역에 대해서도, 병원 운영에 대해서도 잘 알지 못했다. 그런데도 가진 돈에

비해 임대할 수 있는 공간이 크다는 이유 하나만으로 덜컥 계약을 했다. 그렇게 자신의 이름을 딴 '박치과'를 개업했다.

'어휴! 아무것도 안 알아보고 무작정 큰 돈을 내다니!'

비록 과거이자 꿈의 한 장면을 보는 것이었지만, 절로 흘러나오려는 잔소리에 자자는 서둘러 입을 틀어막았다. 손님의 꿈 세계를 망쳐놓을 수는 없는 노릇이었다.

마음을 진정시킨 자자는 망토를 단단히 여몄다. 또다른 장면이 안개처럼 펼쳐졌다. 막 박치과를 개업했을 무렵의 모습이 점점 또렷해졌다. 동기들과 지인들에게 개업 축하 화환을 받았고, 그의 가족들도 함께 기뻐했다.

기대로 가득 찬 그의 마음이 고스란히 느껴져서 지켜보는 자자도 덩달아 들떴다. 그러나 잠시 뒤, 환하고 밝던 꿈속이 어둡고 깜깜해졌다. 다음 장면의 치과는 조명만 환하게 켜져 있을 뿐 손님 하나 없이 휑했다. 드나드는 소리, 진료를 받는 소리, 진료 기구가 돌아가는 소리 모두 들리지 않았다.

원장실에 혼자 앉아 하루 종일 핸드폰만 들여다보는 남자. 직원들에게 오늘은 일찍 퇴근해도 괜찮다고 말하는 경우도 부지기수였다. 그럴 때면 자존심이 상하고 씁쓸했지만, 손님도 없는 상황에 계속 직원을 쓸 수도 없었다. 몇몇 직원들을 내보낼 수밖에 없는 지경까지 이르렀다. 이 모든 일이 몇달 안에 일어났고, 그의 얼굴은 날로 어두워져갔다. 건물의 월세, 관리비, 직원 월급, 의료기기 가격, 대출금이 말풍선처럼 떠다녔다.

자자는 치과 주변을 꼼꼼히 살펴보았고, 결과가 이렇게 된 데에는 모두 그럴 만한 이유가 있다고 생각했다. 남자가 치과를 연 동네는 교통이 매우 불편했다. 대중교통으로 오가기 어려운 동네였고, 지하철역이 가깝지도 않았다.

병원에 파리 날리는 상황이 몇달간 이어지자 마음이 급해진 남자는 그제야 동네를 둘러보기 시작했다. 우선

가까운 동네에 치과가 몇군데 있는지 확인했다. 치과는 그다지 많지 않았다. 그때 불현듯 하나의 기억이 떠올랐다. 이전에 스케일링을 하고 간 손님이 통화하는 것을 우연히 듣게 된 날이다.

"오늘 맑음치과의원이 문을 안 열었지 뭐야? 급해서 여기 박치과라는 데 처음 와봤는데, 뭐 그냥 그래. 다음에는 다니던 데 가려고."

맑음치과의원…… 남자는 기억을 떠올리며 직접 그곳에 손님으로 가보기로 했다.

맑음치과의원은 흔한 동네 병원이었다. 규모도 작고 허름하기까지 했다. 그런데 이 동네에서 치과 환자는 여기에 다 몰린 것 같은 인파에 남자의 입이 벌어졌다.

'우리 병원이 더 깨끗하고 좋아 보이는데……'

그는 대기실에 앉아 직원과 손님이 나누는 이야기를 들어보았다.

"어머니, 저번에는 오른쪽 치아가 아프셨는데 이제 좀

괜찮으셔요?"

"어휴, 말도 마. 이제는 또 왼쪽이 아프네. 그래도 저번보다는 안 아파."

친절한 직원들의 모습을 보며 남자는 낯섦을 느꼈다. 뒤이어 진료를 받으러 들어가자, 원장이 웃으며 그를 반겨주었다.

"선생님, 이번에 스케일링을 받으러 오셨다고요. 치아 관리를 정말 잘해주셨나봐요. 건강하고 깨끗합니다."

스스럼없이 손님에게 말을 거는 원장을 보면서 남자는 어색한 마음이 들었다. 그러나 남자는 그들의 친절을 배우려는 생각은 하지 않았다. 그저 시샘이 날 뿐이었다.

'이곳 손님들이 우리 치과에 딱 한번만 와보면 바로 단골이 될 텐데…… 우리 치과가 기구나 시설도 훨씬 좋고, 기술도 전문적이라고!'

그는 분노에 가까운 질투를 느끼며 의원을 나섰다. 자자는 시설이나 기술의 문제가 아닐 것이라고 생각하며 가만히 상황을 지켜보았다. 남자는 손님에게 친절하게 말을 거는 편이 아니었다. 어쩌다 찾아온 손님에게도 콧대를 세우며, 기구가 얼마나 좋은 것인지에 대해 자랑했고, 은근히 동네를 무시하기도 했다. 대형 치과에서 일할 때도 '나의 일'이 아니니 친절할 필요는 없다는 생각으로 임했던 남자는 아예 그런 태도가 굳어진 모양이었다. 경쟁 상대의 좋은 점을 봐도 배울 생각은 하지 않고 여전히 거만한 그가 한심해 보이기까지 하는 자자였다.

또 한번 구름처럼 새로운 장면이 떠올랐다. 집에 돌아간 남자가 지역 온라인 커뮤니티에 글을 올리는 모습이 보였다.

이웃님들, 맑음치과의원 가보니 작고 허름하고…… 진짜 별로였어요. 근처에 있는 박치과가 훨씬 깨끗하고 치료도 전문적이고 좋더라고요. 맑음치과의원 가지 말고 박치과 가세요. 강추합니다.

잠깐 망설이던 남자는 이내 신이 난 모습이었다. 그런 그를 보며 자자는 혀를 찼다. 몇시간 지나지 않아 댓글이 우수수 쏟아졌다. 반응을 기다리던 남자는 재빨리 게시물을 클릭했다.

┗ 박치과 원장 불친절하더라고요. 전 안 갑니다.

　┗ 맞아요. 거기 너무 쌀쌀맞아요.

┗ 박치과는 위치도 애매해서 찾아가기도 힘들어요.

┗ 저는 맑음치과의원 직원분들이 친절해서 자주 가요.

┗ 근데 혹시 이 글 박치과에서 올린 건 아니겠죠? ㅋㅋㅋ 냄새가 나는데……

　┗ 진짜라면 앞으로 박치과 절대 안 갑니다.

　　┗ 진짜 같은데요?

　　┗ 박치과 양심이 없네요. 어려운 시기에 같이 먹고 살 생각을 해야죠. 정 떨어져서 앞으로 박치과 절대 안 가렵니다.

카페의 반응은 그가 생각한 것과는 반대 방향으로 흘렀다. 맑음치과의원이 오랜 시간 동네에서 사랑받던 병원이어서 그런지, 오히려 박치과에 대한 여론이 안 좋아졌다. 그나마 오던 손님들도 이 글 때문에 끊어질까 싶어 초조하고 조급해진 남자는 재빠르게 답글을 남겼다.

> 박치과에서 글을 올렸다니요. 허위 사실 유포하시면 안 됩니다. 저는 환자인데 박치과에서 진료받고 너무 좋았던 터라 글 올린 겁니다.

　└ 인증해보세요.

　└ 이 글 곧 지울 겁니다. 이분. 왜냐? 자기가 박치과 원장이거든.

　└ 이 사람 본명 찾았는데 박치과 원장이면 너무 웃기겠다. ㅋㅋㅋ

　└ 박치과에서 올린 글이 아니더라도 이건 좀 아니지 않나

요. 맑음치과의원이 진료도 잘 보고 워낙 친절하다고 유명한데요. 지역 봉사도 자주 나오고 어르신들도 잘 챙겨 주는 걸로 알고 있는데 이 글 하나로 큰 피해가 생기면 어쩌실 건가요.

점점 더 자신의 의도와는 멀어지는 댓글 창을 보며 그는 식은땀을 흘렸다. 지금 글을 삭제해버리면 게시자가 박치과 원장이라는 것을 완전히 인정하는 꼴이 될까봐 이러지도 못하고 저러지도 못했다. 질투와 시샘의 감정을 담아 올린 글은 삽시간에 커뮤니티에서 '박치과 원장이 직접 올린 박치과 홍보 글'이라는 문구와 함께 놀림거리로 전락했다. 아예 손님이 끊길 위기였다.

자자는 남자의 꿈을 보면서 자업자득이라고 생각하며 혀를 끌끌 찼다. 자신에게 부족한 점을 파악하고 개선하려는 의지와 노력이 있어도 부족할 판에, 누군가를 깎아 내리면서 욕심을 내는 모습이 미련해 보였다.

결국 남자는 카페 글을 삭제했고, 커뮤니티는 이내 잠

잠해졌다. 다행히 글이 계속 퍼지지는 않았지만, 손님은 도통 늘어나지 않았고 그의 마음은 점점 더 무거워졌다. 자자는 그 모습을 빤히 지켜보다가 지끈거리는 머리를 부여잡고 꿈속에서 나왔다. 달빛으로 은은하게 빛나는 진열장 앞에 이미 부엉이 안대를 벗은 오슬로가 서 있었다.

"이번에는 손님에게 깊이 깨달을 수 있는 계기를 선물하게 될 수도 있을 것 같아 더 신중하고 싶어."

자자와 오슬로는 진열장 앞에서 한참을 고민을 했다. 유리 진열장 옆, 커튼으로 가려둔 보관창고로 들어간 오슬로는 무언가 결심한 듯한 얼굴로 꿀잠 아이템 하나를 들고 나왔다. 이윽고 손님이 기지개를 켜며 일어났다.

"제가 깜빡 잠들었네요. 그냥 가려고 했는데……"

"제가 먼저 잠들어버려서 죄송합니다. 햇살이 너무 따뜻해서 그만…… 그래도 잘 주무셨다니 다행입니다. 그 사이에 저희 조수가 손님의 꿈속으로 들어갔다가 나왔습니다. 미리 말씀을 드렸어야 했는데 죄송해요."

오슬로는 넉살 좋게 웃었다. 그런 반응이 오히려 남자를 당황스럽게 했는지 그도 민망한 듯 말했다.

"아닙니다. 저도 잠든걸요, 뭐. 그런데요, 유자차처럼 단 음료를 마시고 바로 자면 이가 썩을 수 있으니 꼭 습관적으로 가글이나 양치를 해야 합니다. 이 가게는 그 안내가 조금 부족하네요."

"병원에 다시 들어가보셔야 한다고 했는데 조금 늦은 거 아닌가 모르겠네요."

"괜찮습니다. 어차피 찾아오는 사람도 별로 없는걸요."

"손님께 어울리는 꿀잠 아이템을 추천해드릴게요. 이쪽으로 오시겠어요?"

오슬로를 따라 간 그는 달빛이 묻은 진열장을 보고 감탄했다. 그가 건네 받은 것은 귀마개였다. 흔한 귀마개처럼 생긴 이 아이템은 밤하늘처럼 검은색이었지만 사이사이 반짝이는 부분이 보였다. 작고 까만 하늘에서 별똥별이 떨어지는 것 같았다.

"이건 소곤소곤 귀마개입니다. 이걸 끼고 잔 날 밤엔 평온하고 아름다운 세계가 꿈속에서 펼쳐질 겁니다. 마음도 함께 편안해지겠죠. 그러나 그다음 날엔 다른 사람들의 아주 작은 목소리까지 잘 들릴 겁니다. 그 목소리를 들으면 다시 괴로워져서 잠들기 어려울지도 몰라요. 그렇지만 지난날의 잘못에 대한 후회를 마음에 깊이 새겨둔다면 이 물건이 도움이 될 겁니다."

귀마개를 보는 남자의 얼굴에 불만족스러운 표정이 번졌다. 그리고 잠시 생각하더니 말했다.

"끼고 자면 마음이 편안해진다라…… 솔직히 못 믿겠네요. 그리고 다른 사람들의 어떤 이야기가 들린다는 거죠? 그게 들린다고 해서 저한테 도움이 될까요? 지금도 저는 남의 말을 잘 들으려고 노력하고 있는데요."

"지금 당장은 마음이 편안해진다는 것도, 다른 사람의 이야기가 들린다는 것도, 그 어떤 것도 믿지 않으실 수도 있죠. 아마 한번 사용해보시면 제가 한 말이 거짓이 아니라는 걸 알게 되실 겁니다. 못 믿으시겠다면 돈을 내지 않고 가져가서 써보셔도 좋아요. 정말 효과가 있다고 생각하실 때, 그때 다시 오셔서 값을 지불하셔도 됩니다."

특유의 나른한 미소를 지으며 말하는 오슬로였지만 그의 말에는 묵직한 힘이 있었다. 꿀잠 아이템의 효과를 확신하기에 할 수 있는 말이었다.

"지금도 남의 말을 잘 들으려고 한다니? 휴, 꿀잠 아이템이 이번 손님에게는 정말로 효과가 있었으면 좋겠어요!"

남자에게 쏘아붙이고 싶은 마음을 꾹꾹 누른 자자가 오슬로에게 속삭였다. 오슬로도 눈을 감으며 고개를 끄덕였다.

"솔직히 이 제품은 당장 구매하기에는 무리가 있네요. 사장님 말대로 가져가서 한번 사용해보겠습니다."

그는 여전히 불만족스러운 표정이 지워지지 않은 얼굴

을 하고 가게를 나섰다.

　며칠 뒤, 작업대에서 꿀잠 아이템을 만들던 오슬로는 손님이 들어오는 소리에 벌떡 일어났다.

　"어서 오세요, 꿀잠 선물 가게입니다."

　문을 열고 들어온 사람은 다름 아닌 치과의사였다. 그는 처음 꿀잠 선물 가게를 방문했을 때보다 조금 야위어 보였다.

　"얼마 전에 다녀갔는데…… 기억하실까요?"

　"그럼요. 진료 마치고 오셨나봐요."

　쉬고 있던 자자가 오슬로의 어깨로 날아와 말했다.

　"특별 한정 메뉴인 자몽에이드를 대접하겠다고 전해 주세요. 옆 동네 카페에서 선물로 받은 자몽청이 있거든요!"

　오슬로가 자자의 날개를 부드럽게 쓰다듬으며 끄덕였고 자자는 주방으로 날아갔다. 오슬로는 손님의 안색부터 살폈다. 지난번보다 야윈 얼굴이었지만 눈빛은 맑고 단단해진 것 같았다.

"귀마개는 사용해보셨나요?"

"안 그래도 그 얘기를 드리려고 왔어요."

남자는 주머니에서 지갑을 꺼냈다.

"귀마개를 사려고요. 좋은 물건을 만들어주셔서 감사합니다."

○○○

소곤소곤 귀마개를 받아 온 날, 그는 반신반의하며 귀마개를 끼고 잠을 청했다. 평소에는 까맣던 밤이 하얗게 변할 때까지 도통 잠이 안 오더니, 귀마개를 한 날에는 이상하게 마음이 편해지면서 잠이 솔솔 왔다.

오슬로의 말대로 남자의 꿈속은 안온한 기운으로 물들었다. 어릴 적 봤던 커다란 달이 꿈을 가득 채우는 느낌과 함께 그는 개운한 아침을 맞이했다. 아주 오랜만에 상쾌하게 일어난 느낌이었다. 귀마개를 끼고 잔 다음 날에는 사람들의 소리가 아주 잘 들릴 것이라는 말이 언뜻 스쳤지만, 크게 신경 쓰지 않고 출근 준비를 했다.

"저 의사 왜 이렇게 불친절해?"

"그러니까 내가 여기 오지 말라고 했잖아. 다들 여기 안 가고 다른 데 간다니까……"

이상한 일이 벌어졌다. 속닥속닥 대화를 나누는 소리가 아주 크게 들리는 것이었다. 주변을 휘휘 둘러보기도 하고 진료실 밖으로 나가 복도도 살펴보았지만 직원들과 손님 한명뿐이었다. 좀더 걸어나가 대기실을 보니, 방금 진료를 받은 사람과 그 일행이 보였다. 그들은 분명 낮고 작은 목소리로 대화를 하고 있었는데, 그 소리가 마치 옆에 있는 것처럼 아주 선명하게 들렸다. 꿀잠 선물 가게에서 들었던 이야기가 다시 떠올랐다.

'소곤소곤 귀마개를 끼고 잔 다음 날이면 다른 사람들

의 아주 작은 목소리까지 잘 들릴 겁니다.'

이 말을 입증이라도 하듯, 대기실에서 기다리던 손님들이 나가면서 하는 이야기도 생생하게 들렸다.

"새로 지어서 깨끗하긴 한데, 사람이 너무 없다. 원장도 퉁명스럽고."

"여기 소문이 별로 안 좋아. 다음에 치료받을 때는 맑음치과의원으로 가자. 좀 기다려야 하지만 괜히 사람이 많은 게 아니야."

"그러니까. 은이 엄마도 교정한다고 하던데 굳이 여기 오지 말라고 해야겠어."

남자는 충격을 받았다. 댓글로 보긴 했어도 직접 귀로 들으니 더 마음이 상했다. 손님들의 말이 상처가 되었지만 무시할 수도 없었다.

치과 마감시간이 되었고 그는 직원들을 먼저 보냈다. 이번에는 직원들이 엘리베이터를 타고 내려가면서 하는 이야기가 귀에 박혔다.

"아무래도 환자가 너무 없어서 곧 망할 것 같아요. 다들 얼른 다른 곳 알아보세요. 저는 아직 준비하고 있어요."

"저도 안 그래도 그만둬야 하나 생각하고 있었어요. 월급도 높지도 않은데 교통도 불편해서 차 없으면 다니기가 힘드네요."

"원장님도 너무 까칠하지 않아요? 손님이 없어서 그런가 요새 더 예민해진 거 같아요."

남자는 직원들의 이야기에 또 한번 충격을 받았다. 짐작하는 것과 직접 귀로 듣는 건 차원이 달랐다. 소곤소곤 귀마개는 설명 그대로였다. 그날 밤, 남자는 잠들지 못하고 밤새 끙끙 앓았다.

'내가 얼마나 대단한 사람인데. 친절한 게 대수야? 능력이 있어야지, 능력이. 다 필요 없어. 정리하고 다른 데 가서 다시 시작하면 되는 거야. 대출을 좀더 많이 받아서 작은 병원이라도 도시에서 열어야겠어. 여기 사람들은

뭘 몰라.'

'그런데 맑음치과의원 가보니까 친절하긴 했지…… 그에 비하면 우리 병원은…… 직원들도 불안하겠지. 곧 망할 것 같고. 내가 세심하거나 친절하지는 못하지. 많이 부족한 것도 맞고.'

'커뮤니티에도 그렇게 글을 올리면 안 되는 거였는데. 열심히 하는 사람 깎아내리기나 하고. 나도 참 못났다.'

퀭한 눈으로 밤새 생각을 하며 남자는 점점 마음을 고쳐먹었다. 소곤소곤 귀마개로 다른 사람들의 이야기를 들으니 자신의 모습을 객관적으로 볼 수 있었다. 첫날의 충격을 뒤로한 채 그날 이후 꾸준히 귀마개를 끼고 잠이 들었다. 점점 더 많은 사람들의 이야기를 들을 수 있었다. 손님의 불만사항을 직접 들으니 고칠 것이 명확히 보였다. 퉁명스럽고 불친절한 모습을 고치려고 노력하고, 진료도 더 세심히 보려고 애썼다. 그렇게 어색하고 낯선 일주일을 보낸 뒤 꿀잠 선물 가게에 다시 방문한 그였다.

"제가 많이 부족했어요. 꿀잠 선물 가게에 올 때까지만 해도 정말로 변화하고자 하는 마음은 없었던 거 같아요. 그저 잠을 잘 자고 싶었어요. 제가 커뮤니티에 글을 올린 걸 누가 알까봐. 그래서 손님이 더 없을까봐. 이미 벌인 사업인데, 주변 사람들한테 치과 열었다고 떵떵거려놓고 망하는 게 부끄러웠을 뿐이었어요. 제가 변해야만 상황이 바뀐다는 걸 몰랐던 거죠. 그런데 이 소곤소곤 귀마개가 저를 많이 도와줬어요. 직접 이야기를 들으니 자존심이 상하고 마음이 좋지 않았지만 또 한편으로는 제가 잘못한 부분들이 보이더라고요. 그간 제가 얼마나 까칠하고 거만했는지도 알게 되었고요. 좋은 물건 만들어주셔서 감사합니다. 다음에 저희 병원 오시면 제가 무료로 검진해드릴게요."

손님의 이야기를 집중해서 듣던 오슬로와 자자는 환한 미소를 지었다.

"도움이 되었다니 제가 더 감사하죠. 저도 치과에 갈

일이 생기면 꼭 선생님 병원에 방문하겠습니다.”

남자는 자몽에이드를 다 마시더니 금세 자리를 털고 일어났다.

“더 오래 앉아 있을 수는 없겠네요. 집에 가서 홍보물을 좀 만들어보려고요. 저희 박치과 위치를 잘 모르시는 분들이 꽤 있더라고요. 어제 들었거든요. 모두 소곤소곤 귀마개 덕분입니다.”

서둘러 문을 열고 나서는 남자의 어깨 위로 자몽색처럼 예쁜 노을빛이 번졌다. 자자는 날개를 활짝 펼쳐 그를 배웅했다. 가게를 나서는 그의 뒤로 울리는 종소리가 청량했다.

쓱싹쓱싹 빗자루 이불

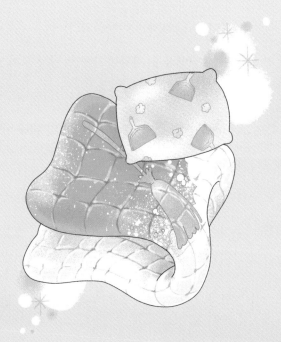

꿀잠 선물 가게의 영업이 끝났다. 오슬로는 졸린 눈으로 느릿느릿 소파에 앉았다. 하루 종일 졸았지만 여전히 잠이 오는 오슬로였다. 따사로운 노을이 비추고 선선한 바람이 부는 나른하고 평화로운 저녁. 천천히 하루를 정리하는 시간이었다. 자자는 손님들의 꿈속 풍경과 그에 맞춰 추천한 아이템들을 영업일지에 꼼꼼하게 적었고, 오슬로는 수입을 따져보았다.

"수입이 나쁘지 않네. 곧 달빛시장이 열릴 텐데 이번에야말로 재료들을 잔뜩 사 와야겠다."

오슬로는 달빛이 감도는 진열장을 바라보았다. 영업일지를 마무리한 자자는 털을 다듬기 시작했다. 깨끗하게 몸을 씻고, 따뜻한 바람으로 털을 말리고 마무리로 보습크림을 발랐다. 날개와 날카로운 부리, 솟아오른 눈썹을 꼼꼼하게 하나하나 정리하는 통에 한시간이 넘게 걸릴 때도 있었다. 오슬로는 이해가 되지 않는다는 표정으로 얼른 자라고 잔소리를 하기도 했다.

'부엉이의 생명은 멋진 깃털인데…… 쳇.'

최근 점점 더 많은 사람이 꿀잠 선물 가게를 찾는 바람에 자신만의 시간을 갖는 게 어려워진 자자였다. 털 관리가 제대로 안 된 것 같아 속상하기도 했고 무엇보다 외모를 뽐낼 시간이 많이 줄어들어 아쉬웠다.

'이번 휴가에는 꼭 멋진 부엉이로 재탄생하리라!'

간단히 저녁을 먹자 어둑어둑 해가 졌다. 오슬로와 자자는 산책을 나갈 준비를 했다. 선선한 바람이 불며 시원한 밤의 냄새가 나기 시작하면, 야행성 부엉이 자자와 꿀잠을 자고 일어난 오슬로의 산책이 시작된다.

"자자, 그거 알아? 매일매일 뜨고 지는 해가 사실 다르다는 거. 그래서 우리가 보는 노을의 색도 다른 거야."

오슬로가 천천히 걸으며 자자에게 말했다.

"어라, 해는 매일 똑같은 거 아닌가요?"

자자는 어리둥절해했다.

"어느 날은 구름이 많아서 지는 해의 색이 가려질 때가 있고, 낮에 비가 오면 수증기를 품은 공기가 붉게 변해 하늘이 아주 빨개질 때도 있어."

오슬로는 사람도 날씨와 비슷하다고 말했다. 겉으로 볼 때 어제와 별반 다르지 않아 보이는 사람도 사실은 매일매일 조금씩 다른 마음과 고민을 품고 있다고. 그래서 꿀잠 선물 가게를 방문하는 손님들의 사연이 다양하고 풍부한 것이라고 말이다. 꿀잠 아이템의 도움을 받은 사람들이 잠을 잘 자고 나면, 그들의 색이 또 한번 바뀔지도 모를 일이다. 더 많은 사람에게 꿀같이 달콤한 잠을 선물할 수 있게 되어, 그들의 색이 그전보다는 더 다채로워지기를 바란다고 오슬로는 덧붙였다.

동네를 빠르게 한바퀴 날고 돌아온 자자는 오슬로의

어깨에 앉아서 함께 산책을 했다. 상쾌한 밤 산책을 마치고 가게에 가까워지자 꿀잠 선물 가게 앞에 누군가 발을 동동 구르고 있는 것이 보였다.

"저기 누가 있는데요?"

"그러게, 누구지…… 안녕하세요!"

기다리는 누군가에게 오슬로가 밝게 인사했다.

"안녕하세요, 며칠 전 방문해 빗자루 이불을 샀던 사람인데요. 이불을 사용하면 실수의 기억들이 빗자루로 쓴 것처럼 없어질 거라고 하셨어요. 실제로도 정말 잘 사용하고 있었는데……"

말끝을 흐리는 손님의 모습을 본 오슬로는 얼마 전 다녀간 손님의 고민과 그의 뒤엉킨 꿈을 흐릿하게 떠올렸다.

손님은 얼굴에 깊은 그늘을 가진 젊은 여자였다. 단정한 옷차림에 구두를 신은 그녀는 애써 웃으려고 노력했지만, 눈은 속일 수 없었다. 어색하게 올린 입꼬리와 걱정이 많은 눈이 하나의 얼굴에 담겨 묘한 인상을 풍겼다.

'곧 있으면 울 것 같은 얼굴이군.'

어김없이 자다가 자자의 날갯짓에 놀라 깨어난 오슬로도 금세 정신을 차리고 손님을 맞이했다.

"제가 어제 좀 늦게 잤더니…… 일단 앉으시죠."

오슬로가 멋쩍은 얼굴로 말했다.

'어제 영업 끝나자마자 지금까지 잔 거 같은데…… 겨울잠 자는 곰이야, 뭐야.'

고용주를 대놓고 욕하지 못하는 자신의 신세를 한탄하며 자자는 꿀차를 만들러 갔다.

손님은 그제야 자연스러운 표정을 보였다. 어색한 표정이 사라지자 피곤함과 속상함이 얼굴에 묻어났다. 여자는 꿀잠 선물 가게의 자랑인 푹신한 의자에 앉아 온몸에 힘을 뺐다.

"웰컴티는 꿀차입니다. 마법이 조금 섞여 있어서 마시고 금방 잠에 빠지실 거예요. 그 틈에 저희 조수 부엉이 자자가 꿈속으로 건너가서 손님의 고민을 파악하고 불면에 좋은 아이템을 추천해드린답니다.”

오슬로가 웃으며 이야기를 하는 동안 자자도 날카롭고 단단한 발톱으로 꿀차를 날라 테이블에 올려두었다.

“제가 요즘 너무 잠을 못 자서 이걸 먹으면 고민이 해결되면 좋겠……”

손님은 곧바로 깊은 잠에 빠져들었다. 그동안 마음고생으로 피로가 잔뜩 쌓여 있던 모양이었다. 자자도 꿈속 세계로 넘어갈 준비를 마쳤다. 자자의 눈이 반짝였고, 오슬로도 부엉이 안대를 챙겨 자리에 누웠다. 이윽고 자자의 영혼은 망토를 두르고 그녀의 꿈속으로 훨훨 날아갔다.

그녀의 꿈은 다양한 색이 섞여 알록달록했다. 많은 장면이 뒤엉켜 있었지만 회사가 배경으로 자주 등장했다. 손님은 신입사원이었다. 입사한 지 두달. 한달 뒤면 수습 기간을 마치고 정직원 채용 여부가 결정될 터였다. 부담감 때문인지 여자의 어깨가 실제로 무언가에 짓눌린 모습

2
1
7

처럼 보였다. 그저 무거운 마음을 안고 있을 뿐일 텐데. 꿈속의 신비로운 장면을 자주 보면서도 볼 때마다 흠칫 놀라고 마는 자자였다.

"죄송합니다. 제가 더 빠르게 정리했어야 하는데……"

"얼른 결재 올리겠습니다. 죄송합니다."

"앗! 파일을 착각했어요. 정말 죄송합니다. 얼른 바꿔서 드릴게요."

여자가 사과하는 장면이 계속해서 지나갔다. 잔실수가 반복되자 상사들도 곱게 보지 않는 모양이었다. 긴장하면 그 감정이 밖으로 모두 드러나는 사람인 데다가 부담 때문에 가진 능력을 모두 활용하지 못하는 게 보여 안쓰럽기까지 했다. 여자는 집에 돌아와서도 회사에서 했던 실수가 떠올라 스스로를 탓하며 밤을 꼬박 보냈다.

"어떻게 하면 실수하지 않을 수 있을까?"

밤마다 친구와 전화하며 회사에서의 하루를 곱씹다가 늦게 잠들기도 하고, 그러고 나면 다음 날 피곤해져 또다른 실수를 반복했다.

자자는 잠이라도 푹 자고 나면 이 상황이 훨씬 더 빠르게 극복될 수 있을 것이라고 확신하며 꿈속에서 나왔다. 오슬로도 그에 맞춰 천천히 일어났다. 자자가 꿈에서 나온 직후 여자가 깨어났다. 피곤함보다도 부담감이 더 커서 잠을 깊이 자지 못하는 모양이었다.

진열장을 둘러보던 오슬로는 고민하더니 창고를 열었다. 오슬로가 들고 나온 꿀잠 아이템은 바로 빗자루 이불이었다. 푹신하고 아늑해 보이는 옅은 갈색의 이불은, 손으로 한쪽으로 쓸면 빗자루가 나타났고, 반대쪽으로 쓸어보면 반짝거리는 짙은 고동색의 땅이 나타났다.

"손님께 빗자루 이불을 추천해드려요. 이불로 덮고 자면, 실수의 기억은 쓸려가 다음 날 개운하게 일어날 수 있으실 겁니다. 다만, 실수의 기억은 때론 아주 소중하답니다. 신중하게 사용해주세요."

신기한 듯 꿀잠 아이템을 바라보던 그녀는 빗자루 이

불을 신중하게 사용하겠다는 다짐을 전하며 밝은 얼굴로 가게를 떠났다.

ㅇㅇㅇ

"빗자루 이불이 문제가 아니라면 어떤 다른 문제가 있어서 오신 걸까요? 다시 잠을 잘 못 주무시나요?"

"다름이 아니라……"

뜸을 들이던 손님은 조심스럽게 고민을 털어놓았다.

"빗자루 이불을 덮으면 낮에 회사에서 했던 실수를 싹싹 쓸어내버리는 느낌이 들면서 다음 날이 개운해져요. 그래서 요즘에는 더 많이 자게 되어버렸어요. 며칠째 계속 지각을 하고 있답니다. 알람도 못 들을 정도로 깊게 자거든요. 자책하는 마음을 지우려고 빗자루 이불을 또 덮고, 그럼 다시 푹 잠들고 다음 날 또 지각해요. 정말 만족하며 잘 쓰고 있기는 한데, 혹시 빗자루 이불을 보완할 수 있는 다른 제품도 함께 추천받을 수 있을까 해서 왔어요."

민망한 듯 자신의 상황을 털어놓은 손님의 고민을 듣던 오슬로는 꿀잠 아이템에 이상이 없다고 하니 안심하는 한편, 이런 부탁을 하는 여자가 걱정스럽기도 했다.

"특별한 경우가 아니라면 동시에 두가지 물건을 함께 사용하는 건 추천하지 않아요. 드물지만 그전보다 더 못 자게 되는 부작용이 생길 수도 있고, 나중에는 꿀잠 아이템에 너무 의지해서 손님 스스로 잠을 잘 수 없게 될 수도 있으니까요."

고개를 끄덕이는 손님을 뒤로한 채 창고에 들어간 오슬로는 물건들을 쭉 살펴보았다.

놓친 사랑 때문에 괴로워서 잠들지 못하는 사람을 위해
◦ 너무 환하지도 너무 어둡지도 않아서
　밤새 켜둘 수 있는 버찌 전등

법과 윤리를 무시하고 쏘다니던 꿈에서 깨어난 사람을 위해
◦ 잠에서 깨어나 세수하고 얼굴을 닦을 수 있는
　도끼 그림 손수건

꿈에서 식은땀이 날 정도로 죄책감을 느낀 사람을 위해
∘ 깨어나서 마실 수 있는 꿀잠 허브티

결말을 보지 못한 꿈의 뒷이야기를 마저 꾸고 싶은 사람을 위해
∘ 달빛 감도는 긴 털실로 지은 털모자

"빗자루 이불과 함께 사용해도 괜찮을 아이템을 찾았어요. 이거라면 푹 자고도 개운한 아침을 맞이할 수 있을 겁니다. 지각할 일도 없을 테고요."

창고에서 돌아온 오슬로가 손님에게 건넨 것은 베개였다. 옅은 파스텔톤의 무지개처럼 다양한 색깔을 지닌 쓰레받기가 베개에 그려져 있었다. 이 쓰레받기 베개를 함께 사용하면 빗자루 이불로 쓸어낸 실수의 기억 중 일부가 쓰레받기에 다시 담긴다. 깨어나면 이 쓰레받기에 저장된 기억들이 되살아난다. 그 안에는 죄책감과 자책 같은 감정도 함께 담기기 때문에 빗자루 이불만 사용했을 때보다 조금은 불편한 마음으로 잠에서 깰 수 있었다.

"당부할 것이 있어요. 쓰레받기에 남은 기억들을 놓치

지 말고 되돌아보세요. 쓰레받기에 남은 기억을 통해 실수를 줄이다보면 자연스럽게 그 기억은 잊힌답니다. 배울 점이 있는 실수의 기억을 신경 쓰지 않은 채 계속 쓰레받기 베개를 사용하다보면 어느새 쓰레받기가 가득 차버리게 됩니다. 실수를 통해 배울 수 있는 기회가 사라지는 거죠. 다시 고통스러운 날들이 이어질 겁니다."

오슬로는 여자가 회사에 잘 적응하도록 꿀잠 아이템들이 도움이 되었으면 하는 마음이었다. 베개를 받아든 여자는 조금 밝아진 표정으로 값을 지불했다. 그녀가 꿀잠 아이템을 가볍게 생각할까 불안해진 오슬로는 다시 한번 조심해달라는 말을 덧붙였다.

"이번에는 정말로 조심해서 사용하겠습니다. 그럼, 좋은 밤 보내세요."

그렇게 손님이 떠나고 잠시 깊은 생각에 빠진 오슬로였다. 자자는 어렴풋이 그 이유를 알 수 있을 것 같았다. 오슬로의 꿈은 꿀잠 선물 가게로 돈을 많이 버는 것이 아니었다. 사람들의 걱정과 고민을 알아내고 꿀잠을 선물해 그들에게 행복을 느끼게 해주는 것이 목표였다. 그러나 손님 중에는 막무가내로 자신의 욕심만 내세우는 사람도 있었다. 몇 년 전, 꿀잠 선물 가게가 자리를 잡아갈 때의 일이었다.

○○○

그날, 불안정한 표정의 화가 많아 보이는 남자가 들어왔다. 자자는 평소처럼 맛있는 꿀차를 타서 손님에게 가져갔다. 그는 웰컴티는 무슨 웰컴티냐, 꿀차를 마시지 않을 거다, 약을 먹여 재우고 무슨 짓을 할지 어떻게 아느냐며 고래고래 소리를 질렀다.

"죄송합니다만, 이건 꿀잠 선물 가게의 중요한 절차입니다. 저희를 믿고 마음 편히 하시면 자자가 손님의 꿈에 들어가서 잠 못 드는 이유를 알아낼 겁니다."

오슬로는 당황스러운 마음을 추스르며 차분히 손님에게 설명했다.

그러나 그는 꿈 안에 들어가는 게 말이나 되는 이야기냐, 이런 가게가 어디 있느냐며 더 크게 소리 지르고 급기야 의자를 발로 차기까지 했다. 오슬로가 더 자세히 말해도 안심하기는커녕 더 크게 화를 냈다.

"꿀잠 선물 가게의 방식이 마음에 들지 않으신다면 어쩔 수 없죠. 저희가 해드릴 건 없습니다. 죄송합니다."

오슬로가 침착하게 대응하자 남자는 무시당했다고 느꼈는지 더욱 흥분했다.

"그래서 나한테 물건을 못 주겠다, 이거네? 이거 안 되겠네. 장사 접어!"

밑도 끝도 없이 잠을 자게 해주는 물건을 내놓으라고 소리 지르는 그에게 자자와 오슬로는 끝까지 예의 있게 대했다. 그는 분을 못 이겨 의자를 발로 차고 주먹으로 벽을 치더니 가게 문을 쾅 닫고 나가버렸다. 자자는 애써 놀란 마음을 추스르다가 자신보다도 더 상처받았을 오슬로를 걱정했다. 그러나 오슬로는 평소와 다름없는 평온한 얼굴로 다음 손님을 맞이했다.

날이 저물었다. 자자와 오슬로는 평소와 마찬가지로 산책에 나섰다. 무사히 하루가 가서 다행이라고 말하며 가게로 돌아오던 때, 누군가가 꿀잠 선물 가게 문을 박차고 허둥지둥 나오는 게 보였다. 그 모습을 본 자자는 얼른 날개를 활짝 펼쳐 가게를 향해 날았고 오슬로는 그뒤를 따라 급히 뛰었다. 도망가는 사람의 뒷모습이 멀리 보였다. 오전에 가게를 방문했던 그 남자인 듯했다. 남자는 각종 꿀잠 아이템을 훔쳐 달아났고, 가게 안은 엉망진창이 되어 있었다. 신비한 기운이 감돌던 진열장과 창고도 빛을 잃었다. 바닥에 뒹구는 별빛이 먼지처럼 보였다. 의자와 소파는 날카로운 것으로 찢겨 있었다.

자자는 얼른 날아가 범인을 잡고 싶은 마음이었지만 그보다는 오슬로가 걱정됐다. 꼼짝도 하지 못하는 오슬로를 소파로 데려가 앉히고 꿀차를 한잔 내왔다. 오슬로는 그대로 잠이 들어 오랜 시간 깨어나지 않았다.

오슬로가 쉬는 동안 자자는 진열장부터 정돈했다. 오슬로가 하나하나 정성을 들여 만들고 포장했던, 달빛이 묻어 반짝이던 아이템들이 바닥에 뒹구는 것을 보니 서러움이 밀려왔다. 고통을 잠으로 이겨내려 했는지 한번도 깨지 않고 하루 내리 자던 오슬로는 다음 날 기지개를 켜고 일어나 가게를 재정비했다. 꿀잠 아이템을 만들기 위해 필요한 재료들을 적은 리스트를 만들었고 도둑맞은 것이 무엇인지도 파악했다. 혼자 고생한 자자에게도 휴식 시간을 주었다. 오슬로와 자자는 일주일의 휴가를 가지며 다시 꿀잠 선물 가게를 말끔하게 정리했다. 두번은 이런 일이 일어나지 않아야 한다고 말하며 자물쇠도 튼튼하게 달았다.

일주일 뒤, 분주하게 움직이는 오슬로의 손에서 반짝이는 꿀잠 아이템들이 탄생했다. 꿀잠 선물 가게는 다시 생기가 돌았다. 장식장과 창고에 다시 달빛이 감돌 무렵, 뉴스에 그 남자가 나왔다.

사람들에게 사기를 치던 남자는 누군가로부터 그의 사기 행적이 모조리 담겨 있는 파일을 받았다. 그간의 범죄를 낱낱이 알리겠다는 협박이었다. 이제 곧 감옥에 가겠구나, 하는 걱정에 시달리던 남자는 잠을 자지 못하게 되었다. 그러다 우연히 꿀잠 선물 가게에 대해 듣고는 찾아와 행패를 부린 것이었다. 그렇게 물건들을 훔쳐 달아난 그는 술에 취한 상태에서 정확한 사용법도 모른 채 꿀잠 아이템들을 마구 사용했다. 이미 수면제도 여러 알 복용한 상태였다. 결국 꿈속 세계가 이리저리 뒤엉켜 눈을 뜨지 못하게 된 것이다. 뉴스에는 알코올과 약물 과다복용으로 인한 혼수상태로 보도되었지만, 오슬로와 자자는 수면 물품들이 꿈을 뒤섞어 끔찍한 결과를 초래했다는 것을 알고 있었다.

오슬로는 물건들을 도둑맞았을 때보다 더 큰 충격에

휩싸였다. 아무리 남자가 사기꾼이고 도둑이라고 해도 죄책감이 밀려왔다. 이윽고 두 계절 동안 꿀잠 선물 가게의 문을 닫기로 결정했다. 다행히 반년 정도의 시간을 보내며 오슬로는 점차 마음을 회복했다. 가게는 다시 문을 열었고, 오슬로는 더 성숙하고 단단한 모습으로 손님들을 맞이했다.

° ° °

또다른 꿀잠 아이템을 사러 온 여자와의 만남을 뒤로 하고, 예전의 기억이 되살아나 생각이 많아진 것 같은 오슬로를 지켜보면서 자자는 말없이 그의 곁으로 가 머리를 부볐다.

천천히 아물어가는 밤이 될 것 같았다. 자자는 자기 전 꿀잠 선물 가게의 자물쇠를 한번 더 단단히 걸어 잠갔다. 오슬로의 눈이 슬그머니 감기는 것을 보며 자자 역시 쉴 준비를 마쳤다.

길고 긴 하루가 끝났다.

특별한 외출

먹구름이 잔뜩 낀 날이었다. 바람은 점점 더 세차게 불었고 기온이 뚝 떨어져 으슬으슬했다. 오슬로는 벽난로에 장작을 더 넣었다. 폭풍이 몰려올 것만 같았다. 궂은 날씨 탓인지 손님도 뜸했다. 오후 내내 여유 있는 시간을 보낸 오슬로와 자자는 점점 더 험악해지는 날씨를 보며 아무래도 일찍 마쳐야 할 것 같다는 이야기를 나누었다.

"오늘만큼은 저도 일찍 닫는 거 동의해요. 더 좋은 날 더 많은 손님이 찾아오실 테니까요!"

늘 손님을 한명이라도 더 받자고 오슬로를 다그치는 자자로서는 큰 결단이었다. 꿀잠 선물 가게의 유리 통창에는 어둑어둑한 하늘이 그대로 드러났다. 벽난로 덕분에 훈훈한 가게 안과 갈수록 기온이 떨어지는 밖의 온도 차가 만들어내는 물방울들이 창문에 맺혔다. 그때였다.

번쩍, 하고 하늘이 밝아지더니 멀리 떨어진 곳에서 번개가 쳤다. 정말 폭풍이 몰려올 모양이었다. 오슬로는 창가에 서서 그 모습을 바라보다가 커튼을 쳤다. 아침에 새롭게 달아둔 꿀잠 선물 가게의 신상 커튼이었다. 하늘하늘한 린넨 소재의 커튼을 떼어내 세탁을 하고, 도톰한 패브릭 커튼을 새로 달았다. 밤색 패브릭 위로 반짝이는 작은 큐빅이 군데군데 박혀 있었다. 온기가 새어나가지 않도록 꼼꼼하게 커튼을 친 오슬로는 진열장 옆 작업대로 발걸음을 옮겼다. 자자는 가게 밖으로 나가 팻말을 돌렸다.

아직 오후 네시밖에 안 되었지만 해가 없고 먹구름이 끼어서 그런지 벌써 밤이 된 기분이었다.

"자자, 이번에 만드는 아이템 구경할래?"

"네! 뭘 만드시는 거예요?"

자자가 오슬로의 작업대로 날아가 전용 걸이에 발톱을 걸쳤다. 오슬로의 손끝에서 탄생하는 꿀잠 아이템들을 구경하다가 끔뻑끔뻑 조는 게 부엉이 자자의 습관이었다. 오슬로가 꿀잠 아이템을 만드는 과정을 보고 있으면 야행성인 부엉이조차 잠이 왔다. 만드는 사람이 느긋하고 여유 있게, 물건을 사 가는 손님들이 편안해졌으면 하는 마음으로 만드니 그 아이템의 마법 효과가 배가되는 건지도 모르겠다고 자자는 혼자 생각했다.

새로 만들 꿀잠 아이템은 달빛 모래시계였다. 시간을 재는 평범한 모래시계가 아닌 마음속 고민을 덜어주는 모래시계가 될 것이다. 지난 달빛시장에 방문한 오슬로는 오랫동안 꼼꼼하게 시장을 둘러보다가, 마감 직전 모래가 담긴 상자를 샀다. 상자 속 모래는 가볍고 따뜻한 달빛 같기도 했고, 어둡고 차가운 달빛 같기도 했다. 달토끼들이 모래를 넣어 건넬 때는 분명 묵직했던 것 같은데, 꿀잠 선물 가게로 돌아와 상자를 내려놓을 때는 몹시 가뿐하게

느껴졌다. 상자 속 모래는 보름달의 빛나는 달빛을 그대로 옮겨놓은 것처럼 은은하고 아름다웠다.

오슬로는 본격적으로 모래시계를 만들기 시작했다. 먼저 유리를 감쌀 나무를 정교하게 깎았다. 커튼과 동일한 짙은 밤색이었다. 그리고 두개의 오목한 유리를 연결했다. 유리는 달빛을 뿌린 것처럼 반짝반짝했다. 지켜보던 자자는 신기한 마음에 유리에 큰 눈을 갖다 대었다.

'어떻게 달빛을 머금을 수 있는 거지?'

궁금함을 꾹 참고 오슬로가 모래시계를 만드는 과정을 조금 더 지켜봤다. 두개의 유리 면을 이어붙인 그는 정교하게 깎아두었던 나무에 유리 시계를 끼웠다. 나무는 어느새 사포질과 약품으로 반질반질해진 상태였다. 오슬로는 모래시계의 가장 윗면을 차지하는 나무의 뚜껑을 열어 달빛 모래를 부었다. 뚜껑을 닫고 나자 편안한 기운이 그들을 감쌌다. 모래시계 속에서 곱게 입자가 흘러내렸다.

"모래시계의 기능은 뭔가요?"

"이 모래시계는 단순히 시계 역할만 하는 게 아니야. 고민의 무게를 덜어주는 달빛 모래시계거든"

오슬로가 모래시계를 돌려놓으며 이어서 설명했다.

"자기 전에 모래시계를 머리맡에 올려두고, 마음속에 담아둔 고민을 생각하면서 시계를 돌려놓는 거야. 딱 그만큼만 오늘의 고민을 하자, 마음먹는 거지. 원래 고민이 깊어질수록 잠이 안 오는 법이거든. 그러니 마지막 모래 한알이 떨어질 때까지, 딱 그 시간만큼만 그날의 고민을 하는 거야. 오히려 생각이 더 빠르게 정리되는 걸 느낄 수 있겠지. 그리고 모래시계 속 모래는 아주 특별한 모래라서 편안하고 아늑한 기운을 전해준단다. 편안한 상태에서 차분히 고민을 하다보면 정해진 시간이 다 지나 있을 거고, 파도가 치던 마음도 조금은 진정되면서 잠이 오는 거지.”

알쏭달쏭 궁금한 것이 많았지만 나중에 모래시계로 도움을 받는 손님을 통해 더 알 수 있을 거라고 자자는 생각했다.

모래시계를 만드는 작업이 마무리되고, 조수 부엉이 자자의 큰 눈이 조금씩 감기기 시작할 즈음, 갑자기 누군가 꿈잠 선물 가게의 문을 두드렸다.

“우편 왔습니다.”

꿈잠 선물 가게를 방문한 사람은 이 동네에서 오랫동

안 일한 집배원이었다.

"늦은 시간에 죄송합니다. 특급우편이라 서둘러 전해 드려야 할 것 같았어요. 오랜만에 인사도 드릴 겸 문을 두드렸네요. 오늘은 영업 안 하시나봐요?"

"날씨가 궂어서 평소보다 조금 일찍 닫았어요. 오시기 힘드셨을 텐데 감사해요."

자자는 얼른 주방으로 가서 달빛시장에서 사 온 오렌지주스를 집배원에게 전해주었다.

"자자도 오랜만이구나. 잘 마실게요!"

달빛이 묻어 반짝거리는 오렌지주스를 건네 받은 집배원이 떠나자 슬로와 자자의 신경은 특급우편으로 향했다.

"어떤 우편이기에 특급으로 보냈을까요?"

"그러게. 얼른 뜯어보자!"

안녕하세요. 저는 김수현이라고 합니다. 직접 꿀잠 선물 가게를 방문해서 이야기를 나누고 싶은 마음은 굴뚝같은데 직접 갈 수 없는 상황이네요. 며칠, 아니 몇주째 잠을 거의 자지 못해서 제정신이 아닙니다. 몸도 마음도 지쳤을 때 꿀잠 선물 가게에 대해서 들었어요. 꿀잠 선물 가게로 바로 전화할까 했는데 그것도 용기가 나지 않아서 이렇게 글로 적어봅니다. 자세한 이야기는 직접 만나서 말씀드리고 싶어요. 제가 있는 곳으로 와주실 수 있을까 해서 간절한 마음을 담아 편지를 보냅니다. 괜찮으시다면 아래 번호로 연락해주세요.

김수현 드림

o o o

편지를 다 읽은 오슬로와 자자는 마주 보았다. 손님에게 어려운 사정이 있는 것이 분명했다. 오슬로의 눈이 반

짝였다. 조수 부엉이의 크고 동그란 눈도 빛났다. 꿀잠 선

물 가게의 첫 출장을 불러온 편지였다.

작
가
의
말

　글을 쓰는 내내 나는 꿀잠 선물 가게 안으로 들어가 오
슬로와 자자와 함께 지냈다. 그들과 함께 빈 곳을 채워갔
다. 소설 안에 나오는 모든 게 내가 원하고 꿈꾸던 것들인
지도 모르겠다.

　유독 잠이 오지 않는 어느 날이었다. 종일 바쁘게 움직
였는데도 말이다. 생각이 꼬리에 꼬리를 물다가 결국 해
가 어슴푸레하게 뜰 때 즈음 눈꺼풀이 감겼다. 그날 꿈에
는 고민이었던 것들이 빠르게 스쳐 지나갔고 악몽도 몇개
번갈아가면서 꿨다. 깨어나 문득, 이런 내 꿈속 세상을 봐

줄 수 있는 누군가가 있으면 좋겠다는 생각을 했다.

그렇게 꿀잠 선물 가게와 오슬로, 조수 부엉이 자자가
탄생했다. 그들이 다양한 고민으로 잠을 이루지 못하는
사람들의 마음을 어루만져줄 수 있기를 바랐다. 누군가의
꿈속을 들여다볼 수 있다면, 말로 표현하는 것보다 훨씬
더 그 사람을 깊이 이해할 수 있을 것이라 생각했다. 그리
고 마법이 깃든 꿀잠 아이템으로 사람들이 벅차고 힘든
마음을 조금은 내려놓을 수 있도록 만들어주고 싶었다.

이 소설은 고민이 있을 때, 잠이 오지 않을 때 펼칠 수
있는 책이다. 책을 읽은 뒤 꿀잠 선물 가게를 떠올리는 것
만으로도 조금은 안정될 수 있으면 좋겠다. 쉽고 편안한
이야기를 쓰는 작가. 그런 사람으로 독자들에게 가닿고
싶다.

마음은 산더미인데 표현하지 못하는 내가 가끔 밉다. 가족에게도 사랑한다는 말을 두번이고 세번이고 계속 말하고 싶다. 일렁이는 바다에서 위태롭게 서 있다고 느낄 때 주변 사람들 덕분에 가끔 강하게 몰려오는 파도를 잘 넘을 수 있다.

끝으로 여기까지 온기를 나누어준 독자분들에게도 감사하다는 말을 전하고 싶다. 책의 마지막 페이지를 닫고 원한다면 언제든, 어디서든 꿀잠 선물 가게를 만날 수 있다. 여러분의 마음속 한구석 어딘가에 은은한 달빛이 흩뿌려졌을 테니 말이다.

꿀잠 선물 가게가 어디 있는지 모르겠다는 사람도 괜찮다. 꿈을 유영하는 사과 네알 높이의 조수 부엉이 자자가 여러분을 찾아갈 것이니.

2024년 겨울

박초은

꿀잠 선물 가게

초판 1쇄 발행 2024년 11월 15일

지은이 박초은
그린이 모차
펴낸이 염종선
기획·편집 창비 기획사업부
디자인 로컬앤드 이재희
조판 황숙화
펴낸곳 토닥스토리
등록 1986년 8월 5일 제85호
주소 10881 경기도 파주시 회동길 184
전화 031-955-3333
팩시밀리 영업 031-955-3399 | 편집 031-955-3400
홈페이지 www.changbi.com
전자우편 plan@changbi.com

ⓒ 창비 2024
ISBN 978-89-364-3468-7 03810